致青春
中国青少年成长书系
LAUD TO CHINESE YOUNG ADULT SERIES

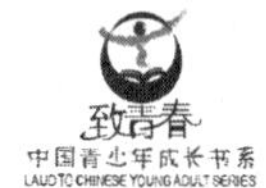

黎江传1
星际流浪客

李楚涵◎著

中国大百科全书出版社
知识出版社

图书在版编目（CIP）数据

黎江传.1，星际流浪客 / 李楚涵著. -- 北京 : 知识出版社，2021.1
（致青春·中国青少年成长书系）
ISBN 978-7-5215-0268-8

Ⅰ.①黎… Ⅱ.①李… Ⅲ.①幻想小说-中国-当代 Ⅳ.①I247.5

中国版本图书馆CIP数据核字(2020)第207278号

黎江传1：星际流浪客 李楚涵 著

出 版 人 姜钦云
责任编辑 李现刚
装帧设计 张 婷
出版发行 知识出版社
地　　址 北京市西城区阜成门北大街17号
邮　　编 100037
电　　话 010-88390659
印　　刷 金世嘉元(唐山)印务有限公司
开　　本 660mm×930mm 1/16
印　　张 17.25
字　　数 150千字
版　　次 2021年1月第1版
印　　次 2025年5月第2次印刷
书　　号 ISBN 978-7-5215-0268-8
定　　价 59.80元

黎江传1：星际流浪客

目录

楔子 前事

“快子岛第一次载人快子传输试验马上就要开始。经过数以亿计的测试和实验，这项技术迈向成熟的最后一个关口即将被攻破……”

一个金发的姑娘穿着白色的紧身服坐在洁白的座位上，她面容姣好，长发扎成一个马尾辫，双腿不安地交叉在一起，眼神慌张地四处扫望着。这是一个看不出做什么用的房间，不仅有许多柜子，还有试验台、无尘切割机，以及许许多多医疗仪器。她的周围，许多穿抗菌服、戴口罩、全副武装的工作人员在各自的岗位上忙活着。没有一个人说话，室内安静得可怕，甚至感觉有点毛骨悚然。

“吱呀”一声，房门开了，但没有一个人抬头看一眼来客。那人和周围的工作人员一样打扮，他关上门之后，直接来到金发姑娘身边，坐在了她旁边的座位上。

“姐姐。”那人声音很粗。

金发姑娘转过头来。她动人的睫毛眨了眨：“怎么啦？”

“不用紧张。这次试验所需的技术我们已经全部掌握，所有技术难关也突破了，之前也用猴子做过实验，没什么问题。相信我，你这次去，只是走走过场而已。”弟弟说道。

金发姑娘笑了两声，像是在给自己打气一样，随后握住了弟弟搭在扶手上的手:“没关系。姐姐从没有把这次试验只看作试验，我相信我起的会是里程碑式的作用。我信任你们，应该不会有什么问题。”

来人笑着安慰姐姐，姐姐也用笑容鼓励着弟弟。

“以后,振兴家族的重任就落在我们两人的肩上了。”姐姐说。

房门再次“吱呀”一声被打开了，走进来一个带着笔记本电脑的人。当然，他还是和周围的人穿着同样的服装。

“安娜 · 菲利普？”他看了一眼笔记本电脑上的名字。

这个安娜就是那金发姑娘，她马上站起，娇喝一声：“到！”

“我是此次任务的指挥长。”那男人冷冷地说，“现在执行第 1 号任务。身体检查是否完成？”

“报告指挥长，完成。”

“各系统自检是否完成？”

“报告指挥长，完成。”

“任务内容是否熟记？”

“报告指挥长，是。”

“试验员登机！”

“是！”安娜转身对刚起身的弟弟不舍地说道，“我走了。”

弟弟挥了挥手向姐姐道别。

“别担心我，阿尔勒！”她用嘴型说出这句话，然后匆匆跟在指挥长后面，离开了房间。

阿尔勒呆呆地望着她背影消失的地方，许久不肯离去……

“试验机已经到达目标高度，准备进行试验。”

“试验员请报告！”

“这里是试验员，现在距离地面 10 万公里。系统第二次自检已经完成，无异常情况。可以进行试验。”安娜的声音听起来很冷静。

“试验机各信号正常，可以进行试验。”

“试验开始！”指挥长洪亮的声音从无线电里传来。

太空不能传声，但是快子岛的人们可以看见，漆黑的太空中，那显眼的白色试验机发出了刺眼的光，随后，屏幕上就只有黑色了。

“目标海域浮标无数据！”

“试验机未着陆，待命。”

可是将近半个小时后，浮标还是没有收到数据的消息传来，指挥大厅里的每个人都慌了。

“浮标是否故障？”

“已经派出小艇前去检查。”

“指挥长，好像有问题！”

“说。”

“试验机飞行的方向不对。”

“它向着哪飞行？”

“外太空……”

指挥大厅里，再也没有人说话。

第一章

越狱

“你们这些不知好歹的家伙，又把我抓到这里干嘛？”黎江浮在四周都涂抹着白色漆的审讯室里，手上戴着一副蓝色的手铐。他长着一副冰冷的亚裔面孔，穿着一件带兜帽的黑色T恤衫和一条普通的牛仔裤，这身装扮容易让他被人认为是街上无所事事会对漂亮女孩吹口哨的混混。他的手是一对泛着冷冷的银色金属光泽的假手，掌心有一个蓝色的发光圆环，就像盗了电影里钢铁侠的版权似的。

“明知故问。”赫尔纳斯·罗杰斯浮在房间另一头的单向玻璃后面说。他穿着一套像工作服一样的蓝色制服，胸前用金色字母写着“Neptune（海王星）”。他看上去是在微笑，但其实面无表情，语气也和神色一样冰冷，“如果你不交出冷核聚变反应堆技术的相关数据，我们可能会考虑关你半个世纪，直到我们有它之后。”

“你们关不住我的。”黎江的语气仿佛是在和赫尔纳斯比赛，看从谁嘴巴里呼出来的气能先让一杯水结冰，“光是我手上这两个小反应堆的力量就可以让我轻松从这里走出去。”

他对看不见的玻璃那头的赫尔纳斯晃了晃戴着手铐的金属手，两个圆环发出的蓝光突然增强，像闪光灯一样刺痛了赫尔纳斯的眼睛。

赫尔纳斯揉了揉眼睛，满不在乎地说："请便吧，反正照这样，我们多抓你几次，想要的数据就有了……"

黎江这下倒是哑口无言了。

"地球上的人类根本不能让人类文明得到长足发展。那里科技发展停滞，人们娇生惯养，我们的计划处处受限，这正是我们进行'巨行星化'任务的根本原因。"赫尔纳斯继续说道。

"就因为地球上不好进行科学研究，人类文明不能向着太空发展，科技发展落入死胡同，就要把地球上的人类杀光抹净？哼哼，这是什么天杀的道理？"黎江反驳。

"你应该为向这个任务提供技术支持感到骄傲。"赫尔纳斯一脸不在乎。

黎江发出了一阵刺耳的大笑，接着说："相反，我为我曾经是'海王星'组织的一员而感到耻辱。这个组织明明就是人类文明的一部分，只不过跑到海王星轨道上造了个'小茅屋'，就认为自己自立门户了，还自称什么'巨行星文明'！就因为这里没有大气，星星更好看了？还是因为这里有一堆氦 3 和氕氘氚，取个暖点个灯没问题了？或者是这里没有其他国家干涉你们的事务，你们就想着把自己小时候住的'别墅'拆了！哈哈哈……"

"果然……我们在实行'巨行星化'任务的时候，总会有人来阻挠我们。"赫尔纳斯说，"你是其中力量最强大的一个，黎江。"

"啊，谢谢。"黎江这样说，但根本听不出感谢的味道，"不过你们想要将地球'巨行星化'，这我可不能同意。"

“那你倒是走啊？”赫尔纳斯理了理自己亚麻色的头发，说道。

“时候还没到。”黎江说，他的眼睛已经不再盯着那面单向玻璃，而是脚下的地板。此时黎江的隐形眼镜上显示出了一幅太阳系星图和一座像飞船一样的盘状建筑的结构图。星图上显示这座建筑位于海王星的轨道上，而他就在这座建筑的中心。

“计算最短距离。”黎江在脑海里下达命令。地图随即放大，一条曲线弯弯曲曲地绕过各个舱室，到达建筑外表的一个出口。“直线距离。”黎江再下令。地图上再次显出一条直线，穿过一个巨大的活动中心，到达建筑下部的一个气闸舱。

单向玻璃后面，赫尔纳斯静静地注视着黎江，发现飘在半空中的他眼神恍惚，又隐约看见他眼睛里闪烁着什么东西。赫尔纳斯按下了手表上的呼叫键，审讯室的门打开了，飘进来一个年轻人。赫尔纳斯对着这个年轻人嘀咕了几句，后者点点头，离开了。

而黎江，则什么也没注意到，只专注地盯着隐形眼镜上的太阳系星图，上面显示，现在海王星、木星和月球正位于一条直线上，它们的引力会改变飞行的方向。“那就……二次跃迁。”黎江命令道。

“需要新路线，还是走老路？”隐形眼镜上显示。

“老路，脱离黄道面，再折回月球。”

“路线规划完毕。”

“让基地送一个辐射弹，掩护救援。”

“是。”

“现在执行吧。”

“先头救援队伍马上到达。”

黎江抬起头，望着那面单向玻璃，对赫尔纳斯说：“后会有期，赫尔纳斯。”

被手铐铐住的金属手臂开始加热，黎江轻松一挣，手铐就断了。手一解放，黎江就以极快的速度，用手上的反应炉喷出一股烈焰。这些火苗由于扩散作用变成了一个个蓝色的小火团，但是黎江马上就用手上的磁力让它们重新聚起塑形，成为楔子状——不可思议的事情发生了：这些火焰在塑形完成的瞬间蓝光一闪，成了一种透明的玻璃似的物质。这些“玻璃楔子”围成了一个圆环，随着黎江的手指一摆，径直插进了黎江脚下的地板里，差不多没过了“楔子”顶。从地板“吱吱呀呀”的声音看，它们应该是把地板插了个通透。黎江也没再对赫尔纳斯说什么，直接转身，脚往地下一踹，扎穿的地板就与墙体“分家”了。黎江金属手上那两个圆环又喷出了大量等离子体，像火箭一样把黎江推出了审讯室。

审讯室外边的活动中心类似一个大型购物广场，在这里你根本不会有身处“舱室”的感觉，大量身着“海王星”蓝色制服的人在此飘荡。活动中心的另一头，就是一个气闸舱的接口。由于刚才穿墙发出的巨响，活动中心的每一个人都扭头望着黎江。虽然活动中心的蓝光操作平面和全息影像都还在若无其事地闪着，可是已经没有人看它们了。

正常情况下，一般人不可能横穿整个活动中心到达那边的气闸舱，这些事先毫不知情的人也许会因为一声“快抓住他”立刻从围观的路人变成阻挡黎江离开的“堤坝”。这一瞬间的紧张刺激着大家的神经，对黎江来说，是恐惧、思索和谨慎，对不明真相的人们来说，是好奇、疑虑和猜测。

在人们还没有反应过来之前，事情发生了一点变化：好似一场风袭过，活动中心的蓝光平面和全息投影都失灵了，只显示出了一堆毫无规律的乱码。黎江趁着浮在半空中的人们惊讶的瞬间，急忙加速贴近地面向气闸舱冲去。终于有人大叫道：“有人越狱了！”

“傻子终于开窍了。”黎江闪过一只离他很近的脚，咬着牙冷笑道。

同时，刺耳的警报声也响了起来。人群开始惊慌。有些穿着黑色制服（胸前同样也有“海王星”字样）的警卫攥着电击枪，蹬着墙飘了过来，但毫无疑问，他们不可能赶上黎江。

在活动中心外，浩瀚的宇宙空间里，漂浮着一个巨大的光球。

是太阳吗？并不是。

是一个比太阳还亮的冷核聚变反应堆，释放出橙色的光芒正是黎江所提到的辐射弹。它释放出的电磁脉冲干扰了它面前的这座庞然大物——“尼普顿”基地，“海王星”组织的总部。它外形似一个飞盘，中间鼓四周扁，青灰色的金属外皮上用黄漆刷了“海王星”的字样，颇像放大了几百万倍的电影中外星来客的飞碟。辐射弹维持了一会它目前的高温状态，很快又遵照黎江的命令，调整至更高温状态，整个变成了蓝色，同时更强大的电磁脉冲也开始轰击着“尼普顿”基地。

活动中心陷入一片漆黑，电磁脉冲干扰了正常的电路，灯已经灭了。这使得人们更加慌乱，开始在四处乱蹬，试图找到一个能固定住的地方——这让黎江有很大压力，因为他从隐形眼镜的红外线影像中看到，有些人正在靠近他所在的墙，对他造成了很大的威胁。更何况，停电之后他手上散发着幽蓝光芒的反应堆更加显眼，得赶快离开这里才是上上之策。

在把两个人的手撞开之后，黎江终于到达了气闸舱的舱门前，拉开了门。

没想到里面已经有一个“东西”了。

“你好，埃里森。”黎江说着，关上了舱门。

“您好，老大。”黎江的一套金属战甲——埃里森说。黎江的金属战甲和电影里钢铁侠的盔甲相比，少了胸口中间发光的大洞，金属面罩换成了透明面罩，金属甲片像是由不规则的金属碎片拼出来的，左肩上还如涂鸦一般印了“Orison”。

“我正准备来接您，但是没想到您更快。”埃里森说。

“那咱们就走吧。”黎江说着，来到了战甲跟前。埃里森转了个身，背对黎江，开关开启，露出了一个人形的空洞。黎江飘了进去，背部随即合拢，身体完美贴合。

“意识智能贴合程序启动。”埃里森说道。

一瞬间，黎江的意识和埃里森的程序融为一体，他的控制范围不再仅限于自己的身体。他能感觉到手脚上的冷核聚变反应堆在“呲呲”地运转，能通过面罩摄像机看到四面八方的影像，也可以通过计算机得到他想要的计算结果。

“该走了。”黎江飘到气闸舱门前，打开了它，随即被喷涌出的气流冲得七拐八歪，头重重地撞到了舱门上。眼里的金星散尽之后，呈现在他眼前的是一幅壮丽的景象——背对巨大的海王星，“尼普顿”基地被反应炉的蓝光照得无比壮观。

“这种情况我见过5回了，这是第6回。”黎江说，“不过，我倒是从未从这个角度看过海王星。”

说着，一个巨大的黑色“斑点”从右往左飘向了海王星的向阳面，好像人脸上的一颗美人痣。

“没有哪一颗行星能像海王星一样在这么短的时间里改变自己身上的斑点。”黎江感叹道。

“理论上风暴比海王星剧烈、外观更没有规律的行星有很多，比如说‘胡勒斯 γ’，您还记得吗？就是那颗血红的……”

“管他呢，咱们走。”黎江说。

黎江耳边突然多了一大堆噪音，好像一列高铁从很近的地方奔驰而过—足有100分贝。同时黎江手上的反应炉的光亮突然增强，毕竟要释放大量的能量供给这噪声的来源——快子引擎。噪声持续了不到10秒，随即陷入了一片沉寂。黎江往面罩外一看，只看见一片白色，这是超光速的光爆现象。不出几秒，白光猛然减弱，面罩外又是漆黑一片。但因为刚才的光太刺眼，黎江眼前还是一片白。

“埃里森，你能把亮度再调小点吗？”

“这是在透光情况下的最小亮度了。”

“那就别透光了。”

“是。”

面罩立刻暗了下来，星星都隐去了。不过在黎江的眼里，世界还是大块大块的青斑——他的视网膜还未从亮光中恢复。

不一会儿，噪音减弱，黎江也感觉自己好像停了下来。

“继续吗？”

“你走你的，不用管我。”黎江说，“这是不是第二次跃迁始发点啊？”

“是的，现在准备进行第二次快子传输。”

“出发吧！”

世界再次陷入一片噪音中。

第二章

截获

“到了吗？”黎江问。

“是的，我们到了。”埃里森很快回答道。

“恢复面罩亮度。”黎江下令。

星星倒是见到了，但是太阳呢？

月球出现了，它此时正从地球的阴影里脱离出来。远处的太阳也缓缓出现，射出刺眼的阳光。由于辐射弹和距离的原因，太阳比刚才在海王星轨道上看到的“有力量”得多，照射得月球向阳面的部分格外白，月球黑色的部分又格外突出。黎江控制住战甲，往月球表面俯冲而下。

“埃里森，定位基地。”黎江说。

“已经为您找好了。”隐形眼镜上标出了“基地”在月球上的位置——月球北极冰盖附近的一座陨石坑。

刚开始，肉眼还找不到那座陨石坑。后来距离月球表面越来越近，更多细节呈现了出来，大大小小的陨石坑也慢慢清晰，埃里森也在面罩上标示了目标陨石坑。与其他陨石坑相比，它显得如此渺小，从现在的高度看下去，并没有比巴掌大多少。

黎江把身体掉了个头，准备着陆。

“着陆倒计时，”埃里森用一种特别庄重的口气说，“3，2，1！”

脚底、背上和手上的反应炉同时反推，黎江踩在了月球表面坚硬的尘土之上，与此同时，耳边响起了埃里森的声音：“黎江登上了月球，这是世界航天史上的一大壮举，也是全世界人民共同合作努力的终极成果，‘在那无价且珍贵的一瞬间，人类紧密结成了一个整体’……”

“这叫‘家常便饭’，埃里森。”黎江制止了战甲人工智能的胡说八道。

他向前走去。远处有一个小小的人造物，孤零零地立着，一闪一闪地放着黄光，外形像一台黑色的、顶上装着警灯的冰箱。黎江走到这个人造物面前，只见它的“冰箱门”上装了一个屏幕，屏幕上显出了黎江和战甲站在门外的影像。接着，镜头锁定在了战甲左肩上的艺术字“Orison”上。

“认证通过。”屏幕显示。

“冰箱门”打开了，里面只能容下一个人。黎江走了进去，门就静静地合上了——月球上几乎听不到声音。地板开始往下沉，四周都变成了混凝土墙，就像普通的电梯井。不到半分钟后，埃里森告诉黎江：“脚下磁力稳固。”随即，风呼啸着从四面八方冲来，在很短的时间里充斥了整个“电梯井”。但脚下的磁铁牢牢吸在地板上，使黎江不至于被吹飞。“咣当”一声，黎江终于到底了。

这是一间布满了各种高科技设备的厨房。墙壁是白色的，而且自动散发着柔和的光芒。一个保险箱一样的机柜立在角落，那是一台3D食物打印机。厨房里唯一的窗户在咖啡机后头的墙上，耀眼的光刺穿了窗户，向厨房里投下一块太阳光似的光斑。黎江脚一着地，埃里森就自动从他身上褪下，他能直接操纵的范围也回到了他自身，这让他有点类似幽闭恐惧症的感觉，因为没有雷达和战甲摄像机，他的感知范围缩小了很多。蓝光平面闪了起来，上面有厨房的设置面板，也有播放着钢铁侠穿着巨型装甲怒扁绿巨人的视频。黎江朝灶台上的咖啡机一指，咖啡机就“嗡嗡”地运转起来，浓郁的咖啡香气不可阻挡地逸散进了空气中。他到洗菜池边冲水洗了个脸，伸手从顶上烘干机里取了一条毛巾，擦了擦，温了温，随手取走已经磨好了的咖啡，慢慢地抿了一口，咖啡的浓醇让他陶醉。

“埃里森，土豆的长势怎么样了？”黎江眯起眼，盯着那扇窗户后不住散发的光，想从耀眼的光芒中分辨出什么。

埃里森正把用过的毛巾塞进消毒柜：“不错。每天的光照非常充足。我们在 2 号土豆田观察到有点异样，后来才发现是化肥进料口被堵住了。”

“这里的钾肥不是不够了吗？”

“您真健忘，那是两天前的事情了。来自‘尼摩 α’星的 20 吨钾肥已经全部卸货。”

原来窄窄的窗户后是一片农场！地下没有光照，但是冷核聚变为植物提供了能量；月球上没有土壤，但是从地球运来 10 吨土壤就可以供多种植物生存，还能带来所需的微生物；月球上没有肥料，但是人体的排泄废物里有充足的磷和氮，不足的时候还可以从其他星球调过来一些。

黎江总算把目光从强光照射中的农场上收回，瘫坐在了沙发上。想起自己几十分钟之前还在“尼普顿”基地里，他不由得庆幸自己福大命大。

“埃里森，把第488次脑部扫描数据调出来。”

黎江的面前出现了两个蓝光平面，一个是满满的数据和图像，另一个是大脑的截面图。

“真可惜，脑干灰质当时没有扫描到？”他盯着截面图看了一会儿，抬起头对在柜台前忙活的战甲问道。

“扫描是扫描了，但是解析仪里有一个电阻的焊口因为过热熔化，导致电阻脱落，电路断了，数据没有上传成功。”

“啧。”黎江遗憾地摇了摇头，“要不然对滑车神经核的分子级精密解析就完成了。”

“那样的话，您就离将意识接入大脑又近了一步。”

黎江的目光转移到了蓝光平面上，那里正演到钢铁侠拽着绿巨人飞了起来，看见一幢没建好的大厦，拉着绿巨人就砸了进去。

那种重型的、大型的战甲，看起来非常让人动心。他觉得自己也是时候拥有这样的武器了，他希望自己在战场上搬运大物件也能轻而易举，他还想象着自己穿着心目中的那种大型战甲，朝“尼普顿”基地飞去，一拳就把基地砸个窟窿。不管这能不能办得到，至少这个想法很威风。

“倒是蛮有用的。”黎江想。

还没等黎江冒出建立相关数学模型的念头，埃里森就轻盈地蹦到黎江面前（月球的重力十分微弱）说："老大，有紧急事件。"

"嗯？"黎江说着，从沙发上猛地站起来，微弱的重力让他差点双脚离地，"是吗？'海王星'的人追来了？"

"那倒不是，危险级别没那么高。"埃里森走到灶台边，把一块蓝光平面拖到黎江面前，"是 UFO 入轨警告。由于系统断定这不是'海王星'的飞行器，所以危险级别降了一级，但还是要给您通报一下。"

黎江调出了那个入轨 UFO 的截图，放大了看，只能看到一团模糊的白色。"这不可能是人类的又一次登月计划吧？"

"保不准。"埃里森不置可否地说。

"好，那我去瞧瞧。"黎江灌了一大口咖啡——有些都流到脖子上了——然后放下杯子，用袖子抹抹嘴，"来吧。"

埃里森又套在了黎江身上。

"咱们走。"黎江走向了那块能升降的地板。

空气猛地从泵中被抽走，"冰箱"里成了真空。黎江走了出去："给我那个不明飞行物的运动轨道！"

"我正在查。"埃里森停顿了一下，"已经传到您的眼镜上了。"

黎江从隐形眼镜上看到月球的表面斜斜地围着一个环，还有一个白色的标识符标出不明飞行物的实际所在地。

"哦，"黎江惊喜地说，"它看起来好像会……"

“经过这个陨石坑。”埃里森打断了黎江，“所以有得看了，嗯？还有就是根据它现在的倾角，好像它会在一个离我们150千米远的地方坠毁。”

“哈，有意思。我准备去追了。”黎江说着，调了一下隐形眼镜上的月球图，查看那个不明飞行物的运动轨道，只见它果然没有绕月球一圈，而是终止在离这儿不远的一个地方。“给我不明飞行物和我的相对速度。”

“317.2千米/小时”

“好，我来了。”黎江话音未落，便操纵战甲飞去。

安娜·菲利普躺在狭小如棺材的舱室里，动弹不得。她金色的长发挽成一个髻，身上穿着极其轻薄的白色万能防护服。各种能暂时维持她生命的仪器占满了她身旁的空间，只留下一面小小的舷窗，离她的鼻子不到5厘米。安娜从舷窗里看到满天的星辰，仿佛是落在黑天鹅绒上细细密密的雪花。

“难道这是外层空间？”安娜想道，“那我怎么办？”

这时，飞船缓缓地转了个身，坑坑洼洼的月球表面出现在舷窗外。

“我在月球附近？”安娜开始慌了，“偏差这么大？”

快子岛第一次载人快子传输实验，试验员名叫安娜·菲利普。她是快子岛全岛闻名的美女学霸，在艺术方面颇有天赋，歌唱大赛的金奖她蝉联了三届。但原本可以靠颜值生活的她毅然决然选择投身科研。她来自一个曾经辉煌一时的家族，现在她担负起了振兴家族的重任。

她深呼吸几次，迫使自己冷静下来。舱内的氧气还能支撑10分钟，人在无氧状态下能坚持1分多钟，所以她大概还有11分钟的时间。

安娜急促地思考着，没有顾及警灯的闪烁。

“它在那儿！”黎江说，“埃里森，减速！”

战甲立刻蜷住身体，把手上的反应炉打开，向前喷射进行减速。

“赶快往回掉头，我必须减慢相对速度。”黎江说。

战甲反应炉喷射倒推得更加猛烈，很快便换了一个行驶方向。那个白色的不明飞行物还在移动。待它飞到了黎江身边，埃里森猛地加速，准确地将黎江和不明飞行物的相对速度降到了零。

“干得漂亮，”黎江夸赞道，“看来那些传感器没白装。”

“过奖。”埃里森骄傲地说。

这个不明飞行物远看像一个白色的蚕豆，头窄肚子宽，中间还有一面小小的舷窗。整个飞行器都以很慢的速度旋转着。当舷窗转到面向黎江的位置时，黎江看到——

“里面有人！”黎江说着，随即靠近舷窗，把头贴在玻璃上。

面罩碰到舷窗的声响惊醒了安娜。

首先映入眼帘的是一个带着头盔的头，在无人的月球，出现了一个人头可能是最诡异的事情之一。她眨眨眼，极力想证明这只是过度紧张产生的幻觉。紧接着她又听到了“未知物体靠近”的警报声，心里更加惊慌，原来“它”早就在这里，只是自己没注意罢了。

自己离开热爱的地球，来到这个浩瀚无际的黑色星空，孑然一身。

这是什么？人？外星人？

安娜竭力不让自己晕过去，但是冷汗还是不间断地冒出来，打湿了她的后背。

“氧气含量：10%。”系统播报道。

安娜无力思考，低氧使她陷入了沉睡。

“要想把这个玩意搬回去一个人可不行。”黎江说。

“所以我提前帮您叫好了后援。”埃里森说，“他们到了！”

黎江回头一看，只见4套战甲俯冲而下，左肩上都印着像埃里森一样的涂鸦字，分别是“捕蝇草”“蓝山”“铁匠”和“仙人掌”。这4套战甲飞到飞行器的四周，手上的磁铁从四个方向吸住了它的外壳，做好了助推的准备。

一个和埃里森截然不同的沙哑的嗓音说话了：“我们准备好了，老大。”

“干吗那么急，铁匠？”黎江开玩笑似地说。

“可能是因为埃里森吧，”捕蝇草说，“他没叫上我们几个就去接您了。”

“对呀，回去我得好好修理修理他。”铁匠附和道。

“行，”黎江说，“那先以我划出来的这个地方为初始轴，把这玩意的滚转调整为零。”

仙人掌、埃里森和铁匠的喷口向着旋转方向喷射，很快飞行器就不再翻跟斗了。

“如果要把它搬回家，需要计算一下最短距离。”黎江说。

“已经在眼镜上了。”埃里森马上把计算结果投射到黎江的隐形眼镜上，“根据计算结果，我们应该在 3 分钟后……”

“老大，我们离地面好像有点近……”蓝山汇报说。黎江向下一看，惊恐地发现，飞行器已经十分接近地面了，近到黎江能伸手碰到地表，而飞行器在没有动力系统的情况下根本不会减速，所以仍在以 300 多千米时速移动。要是撞击地面，后果不堪设想……

“拉升！”黎江急忙操纵蓝山向上搬飞行器，其他战甲也十分配合，纷纷拉升，终于离地面越来越远。黎江看到，下方就是先前系统显示的飞行物预计撞击地点。

“如果没拉升，想象一下 3 分钟后我们会怎么样？”黎江笑着说。

第三章 安娜

“好久没用大型仓库入口了。”铁匠感慨。

只见那个像冰箱一样的入口处尘土飞扬，月球表面的沙土已经被吹飞了，露出一个巨大的、黑乎乎的圆形洞口。5套战甲抱着飞行器径直扎进洞里，进入了一个广场一样的地方，蓝色的金属地板被太阳照得闪闪发光。黎江将飞行器放下，指挥洞口闭合。待洞口封闭完成，仓库的灯亮了，整个仓库灯火通明。仓库的墙上有许多门，一直延伸到仓库的最高处，都是紧闭的。这时仓库内部开始充气，很快恢复到地球标准大气压。

“好吧！”黎江卸下埃里森，舒展了一下自己的身体，“咱们看看怎么打开它。”

“里面有一个人。”铁匠说。

“是的，我注意到了。”黎江说着走到那个像蚕豆一样的飞行器旁边，轻轻抚摸它的外壳，“能扫描出它的机械结构吗？”

“里头有一些基本的维持生命的装置，水合成器、氧气瓶，也有雷达和空调，还有……”铁匠发出倒吸冷气的声音，听起来就像一个人快咽气时发出的“喀拉喀拉”声：“快子引擎！”

这四个字，字字如雷。“快子引擎？”黎江想，“难不成世界上不止我一个人能超光速航行？”

黎江疑惑地转向埃里森，但是埃里森已经读出了他想提的问题并替他回答："是的，老大，这不是'海王星'的飞行器。"

"那就奇怪了。"黎江说，"铁匠，里面还有多少氧气？"

"氧气瓶里已经空了，残留的氧气不到 3%。"

"那得赶紧打开它。"黎江穿上铁匠，晃了晃手上的反应炉，"还要保留快子引擎。"

5 套战甲围了上去，对着飞行器又是捶打又是切割。

黎江穿着铁匠，和仙人掌一起想着怎么把人救出来。

"先通个洞，两边气压稳定了，救人就好救了。"仙人掌建议道。

"从哪打洞？"黎江问。

仙人掌被问住了。幸亏他只是一套战甲，要不然脸肯定发起烧来了。

"我看我们可以从这扇窗户入手。"铁匠说。黎江把手按在玻璃上，反应炉的高温渐渐熔化了玻璃，使它变成红炽的胶状物质。

"温度不够高。"仙人掌在一旁说。

"我们不用化了它，这样就行。"黎江说着，抠破了那层仍然封住窗户的滚烫的胶状玻璃。空气"嗖嗖"地灌了进去，那一堆发热的玻璃也被风吹得冷却下来。黎江从那个洞口望了进去，只见一个穿着白色紧身衣物的金发女子侧卧在里面。

"铁匠，检测她的心脏。"黎江说。

"心跳正常，但是没有呼吸，她应该是刚晕过去不久。"

“我得唤醒她。”黎江说着，双手伸进玻璃上的洞，抓住玻璃板，用力往外一扯。“咣”的一声，窗户边框的铆钉被扯脱了，黎江也飞了出去，撞到了仓库的墙上。

安娜被惊醒了，“咔”的一声咳了出来，她感觉胸闷气短，肺里一点空气都没有。

“她醒了，老大。”仙人掌说。

“太棒了。”黎江的声音听起来并不像它应该有的那样兴奋，因为他正在揉自己的后腰。

当安娜稍微冷静下来，呼吸的频率不那么急促之后，她发现舷窗早已不见了，两个穿着怪异的金属盔甲的不知道是不是人的东西好像正在注视着她，其实她并不确定，因为面罩显不出眼睛。“你……你们是谁？”她用流利的中文问。

一个声音回答：“你好，女士。”

“你，你是什么东西？”安娜上下打量着黎江的战甲。

黎江卸下铁匠，露出他本身的衣物和肌肤，说：“我是人。有什么异议吗？”

“我在什么地方？”

“我还想问你呢！”黎江懒得再回去穿铁匠，索性穿上了仙人掌，“难道不是你自己通过快子引擎来到月球表面的吗？”

安娜没再说话，因为她还不信任黎江。一个男人，独自一人待在月球表面，还带着一大堆机器人（实际上是战甲），怎么想都不像是正常人能遇到的。

“让我把你从这里弄出来。”黎江说着打开反应炉的喷口，准备焊割。

“不用，我可以把它打开。”安娜说完，掰了一下左手边的一个拉杆，飞行器表面的一大块金属板“嘭”地弹射开来，正好撞飞了仙人掌和铁匠。

安娜从飞行器里爬出来，举了举手，发现手比以前轻了很多。她不敢相信地盯着它，好像她的手突然融化了一样，接着转头看着黎江：“我真的在月球上吗？”

“不然呢？”黎江费力地推开压在他身上的铁板，说，“火星上的引力会更大些。”

安娜不敢相信这个事实，她真的在离故乡38万千米的地方！她呆呆地望着黎江，那表情颇像是小女孩在异国他乡与亲人走散时露出的一般。

黎江也看着她，沉默不语。

“您想回地球吗？”

“你在逗我吗？”她情绪失控地大叫，“难不成我还想留在这个鬼地方？”

“这话很让人伤心。”黎江冷冷地说。

安娜回过神，对自己的失礼感到异常窘迫。

“对不起。我叫安娜·菲利普。”她鞠了一躬，“非常感谢你救了我。不过我现在有什么办法回去呢？”

“您就没有好奇过我是怎么来到这里的吗？”黎江神秘地笑笑，反问道。

安娜的眉头泛起一点褶皱，头微微侧偏，表现出明显却谨慎的兴趣。

“我有快子引擎。”黎江轻笑道。

安娜猛地抬头，向黎江走进一大步，眼睛里闪烁着希望的光辉，声音还带着惊喜：“你是快子岛人？”

“不，”黎江平静地说，“我是量子岛人。”

安娜对那三个字始料未及：“什么岛？”

黎江依然平静地重复：“量子岛。就是你们的邻居。”

“不可能！”安娜急切地说，“要是邻居我们早就知道了！”

“无知的人类个体……”黎江摇摇头，“你今天是回不了快子岛了，就先在这休息吧。”

“他们在干吗？”安娜指着埃里森和蓝山。我们在试图拆卸飞行器的钢板，听到这句话之后都好奇地从飞行器后面探出头来。

“他们在拆卸你的快子引擎。”黎江不顾安娜的抗议，继续说，“你的快子引擎有问题，我要帮你修理一下。来吧，这边走。”

黎江打开仓库边上的一扇门，安娜走了进去，发现是一间卧室，蓝色的墙上没有窗户，但是通风良好，一点也不觉得闷。墙上有一些白点，每颗白点旁边还有几个小字作注解。地板上堆着各种稀奇古怪的小玩意，左手边的床是单人床，床单洁白舒适，虽然不大但是看起来很温暖。进门右手边是一个蓝色柜子，和墙体的颜色一致，柜子上没有把手，十分光滑，让人无法想象用什么方法才能将它打开，也许说它是柜子都有点牵强。

“对不起，有点乱。”黎江收拾了一下挡住过道的一大堆看样子像是首尾相接的金属圆筒，抱歉地说。安娜则对那些圆筒特别感兴趣，抓起了一个，一下就认出了这是什么。

“托卡马克装置！”安娜吃惊地张大了嘴巴，倒吸了一口冷气，眼睛里全是不可置信。

“哟，挺厉害的！”黎江对她眨眨眼，“你是学这个的吧？”

“我们快子岛有这个东西，我有幸见过一次，在——”

“快子军区，我知道。”黎江说，假装没看见她脸上复杂的表情，继续收拾床铺。

床收拾好了。黎江回头嘱咐道：“你在这小憩一下吧。”

安娜抱着胸，入神地看着墙上的小字，听到声音才转过头来，“啊，哦，好啊！”

“你看什么呢？”黎江虽然知道墙上的小点是什么，但还是凑过去瞅了一眼。

“这些字是什么意思？我注意到好像满房间都是这些字。”安娜疑惑地问，然后视线从墙上往天花板上移去，打量了整个房间一周。

安娜之前看的那个小白点旁标着“胡夫特，50万”的字样。这个白点右上方5厘米左右的墙面还有另一个白点，标着“哑铃，2万”。

“你想知道吗？”

安娜盯着他，那表情告诉黎江，她不知是该摇头还是点头。

“没什么大不了的，我不介意。”黎江说，“要解释这一切，你就必须知道我是谁。

“我的名字叫黎江，这你应该知道。但是除此之外呢？”黎江说着坐到了床沿上，拍了拍身旁的位置，示意安娜坐过来。后者犹豫了一下，照办了。

“这要从我才5岁的时候讲起。我不记得我父母的样貌了。我之后遭遇的事情太多了点，脑子里要记太多东西的时候，总会把什么挤掉的。我最后悔的事情就是记住了那么多公式定理，忘记了生父生母的样子……

“5岁那年，我被一个男人拐走了。他把我拐上一艘飞船，这艘飞船随后飞到了海王星……”

“对不起，等一下，”安娜伸手打断了黎江的话，“你5岁就发明了快子引擎？”

黎江先是皱了皱眉头，随后笑了两声，善解人意地回答道：“不，我知道你的意思。当时要是以常规动力航行，飞到海王星我都20岁了。但是那艘非法飞船秘密升空并脱离地球轨道后，接受了来自‘最高政府’的帮助。安娜，你应该知道它是什么吧？”

“快子岛最近才发现，‘最高政府’是一台计算机，位于火星的轨道上。”安娜说。

“是的，”黎江平静地说，那样子好像在给一个无知的孩子讲解为什么天上的星星不会掉下来，“但你可能不知道，这台被我们称作‘鳞甲号’的计算机，是以宇宙能源驱动的，而且宇宙能源可以生成虫洞——这些他们可是知道的！”最后一句话，黎江是抬头冲天花板喊出来的。安娜也向上望去，但那里除了满天星斗外并无他物。

接着，黎江再次看向安娜，说：“我就这样到了一个地外基地——以你们现在的称呼，应该叫空间站，实际上它已经可以被称作太空城了。我在那里被强迫接受训练，加入了那个管理基地的组织。在知道这个组织的任务是消灭任何不生活在巨行星轨道上的人类后，我就逃了出来。然后我来到这里，建立了月球基地，并把那些——就像你在外面看到的——战甲，派到各个地方，向人类已知宇宙的边界扩展。眼镜，把超导磁场打开。”

房间里慢慢响起了一种“嗡嗡”声。黎江跳起来，手一摆，墙边的柜子门自动弹开了。只见黎江翻出了一个蓝色球体，有柚子一般大，从分量上看还不轻。他轻轻在球体上拍了两下，后者发出光来，安娜这才看清了这是一个地球仪。黎江松手，地球仪从他指尖滑落，但是没有落在地板上，而是划过一个漂亮的弧线，来到房间正中一个位置摆荡了几个来回，然后稳定下来，悬浮在空中。紧接着，房间墙壁暗了下来，但那些墙上的点的亮度却没变，看起来就像夜空中的星星。随后地球仪的南北极射出两道光，在地板和天花板上都留下了一个红点。

“顶上那个红点，就是北天极。”黎江盯着那个在空中仍不停自转的地球仪说，“这里的每个点都对应我的一个战甲基地所在恒星系在地球上看到的位置——从这里看到的位置。”他指了指地球仪。

“那那些数字……”

“是我在那个恒星系内部署的战甲总数。”黎江解释道，“我不知道我派出过多少战甲，但是如果他们全都回来包围地球，地上的人们不会见到太阳的。”

沉默中，安娜也沉浸在房间里所展示的这个小宇宙里。漆黑的墙壁上一个个发光的白点，真像黑布上的针眼。同时她也在为黎江而震撼——月球上居然还住着这么一位神人，他一个人的力量就让所有人类可望而不可即，就像地球几大大陆与快子岛的科技水平一样，这不禁让她想起了那个诺第留斯号的尼摩船长。

不知过了多久，黎江伸出左手，“嗡嗡”声瞬间停止，地球仪被黎江手上的磁场招回，发出清脆的颤音，安娜也从视觉冲击中回过神来。他把地球仪重新放进柜子，踢上了柜门。房间的墙壁重新变成蓝色，那些“星星”依然清晰。

“今晚你就在这睡一觉吧，我要去修你的快子引擎。不用关灯，如果你的眼睛闭上，亮度自然会调暗的。有什么事就出去找我。行吗？”

“好的，谢谢你。”安娜感激地说。

“菲利普……”黎江念叨着，“快子岛仅存的几个白人家族了吧？”

“是的。”

“如果我没记错，我应该听谁说起过你。”安娜惊讶地等待着黎江的下文，可是后者却露出疑惑的神色，“是谁来着？”

安娜最后还是没弄清到底是谁，因为黎江想着想着，就走出了房间，把房门关上了。

“今天就干到这里吧，要不然再把中子导管剪掉？还有……算了，明天再说吧，已经 3 个海王时了。现在是 9 点。埃里森，今天由你执行睡眠模式。”黎江说。其他战甲纷纷起飞，飞进仓库墙壁上那些专门为他们敞开的舱门。埃里森则躺倒在地上，打开自己所有面朝天花板的钢板，看上去就像一个烧泥人的模具。黎江躺在里面，大小完全贴合。

“你让我今天暂时躲过了铁匠的修理，老大。”埃里森说。

“那还不感谢我？关灯！”

“咔嚓”，仓库一片黑暗。

黎江小眯了一会，还没有完全进入熟睡的状态，就听见一声被墙闷住的尖叫，接着又发出了金属碰撞的声音，就像有人在摔东西。吓得黎江赶紧一个仰卧起坐从埃里森里直了起来，奔到发出声音的那个舱室的门，一打开，女人的尖叫就刺痛了黎江的耳膜，中间还夹杂着“不要”“别过来”等字眼。黎江打开卧室的灯，只见安娜坐在床边，两只手捂着耳朵，疯狂地摇动着头，好像在躲避着谁，而且尖叫声一刻都没停过。地上散落着枕头和被子，显然是被人扔下去的。

黎江急忙冲到安娜身边说：“安娜，这是怎么了？”

安娜总算停止了尖叫，哭哭啼啼地说：“我……我看见……一道闪光，像……就像火花，‘啪’地一闪……”

他看见她眼里的泪光，明白了她在害怕什么。

“哦，那是‘闪光现象’，是由大气层外的宇宙射线引起的。”

黎江解释道。看见安娜继续哭，他又赶紧补充，“但是，如果它对你来说象征着恐怖，那你就必须克服它。”黎江把食指和中指放在安娜的眉心，动作出奇地轻柔。安娜顿时安静了下来，哭声也小了很多，可是依然在抽泣。

“现在，闭上你的眼睛……”黎江把两指分开，慢慢地滑过她吹弹可破的肌肤，拨下那在灯光下显得十分动人的眼睑，合上眼睛。一系列动作无一不是轻到极致，柔到深处。在刚刚闭上眼时，安娜又颤抖了一下，应该是又被闪光吓到了。“接着，深呼吸，深呼吸……”黎江示范性地深吸了一口气。安娜也做了一次深呼吸，感觉自己顿时放松了下来。“好，记住，当它来的时候，不要动，身体的任何部位都不要动，眼睛也不要睁开，只要放轻松。如果你感觉还是受不了，那就深——呼——吸——”

黎江说完，把手轻轻收了回来，静静地观察了安娜一会。

安娜依然在害怕，时不时发出一声痛苦的呻吟。黎江长叹一口气，坐在床边，用轻柔的语气安抚：“安娜，不用怕，我在这里，一直都会在这里。不会有事的，相信我……”

“好……”

他坐在床沿，看着她从惊慌到平静的面容，同时她的头一点一点缓缓地靠在他的肩上，他犹豫了一下，手温柔地扶住了她的腰，仿佛回忆一般陷入沉思，脸上竟然是怀念的神情。

他转头望向安娜腰间那只金属手。触觉信号感受器工作良好，安娜衣料的光滑，她的体温和她身体的柔软都挑起了他内心中尘封的感性。

黎江挪了一下手的位置，反应炉的蓝光在安娜腰间一闪，好像在嘲笑他。

“黎江啊，你个狗熊，在她之后，居然也会有想女人的时候。你怎么了，在她面前，你和战甲外壳一样硬的那张嘴脸哪里去了？”他默默地问自己。

没有想出结果，无法得出原因。

“眼镜，关灯。”他只能在心里下令。

他也着实被她折腾累了，长叹一声，沉沉地睡去了。

8个小时后，黎江醒了，肩头的安娜还在熟睡。这一晚他是坐在床沿上睡着的，背后着实感到有点酸。黎江怕弄醒安娜，只稍微挺了挺胸，以缓解背部的不适。突然，黎江看到门口还立着一个身影，定睛细看，原来是埃里森。他晚上一直守护着黎江和安娜，但是估计是计算机，进入了睡眠模式，所以一动不动。黎江用没有搂住安娜的那只手向埃里森一挥，埃里森顿时就苏醒了。

“哦，对不起，老大，我太累了，只能……”

“嘘……”黎江指指安娜。埃里森会意，轻手轻脚地退出了房间，合上了门。

黎江依然呆呆地盯着埃里森消失的地方，在心里吩咐道：“眼镜？”

隐形眼镜上立即显出一行字：“什么事？”

“吩咐厨房做两份早餐，把第二份的咖啡换成牛奶。”

“已经在做了。”

这时，安娜“嗯”了一声，醒了过来。

“醒了？”

“嗯。”安娜打了个哈欠。

“你想喝牛奶还是咖啡？”

“牛奶吧，咖啡太苦了。”安娜仍然不舍地靠在黎江肩上望着黎江的眼睛，她的眼睛里充满着感激，“这手套好酷哦。你好像从昨天一直戴到现在。”

她指着黎江的金属手。

“这不是手套，”黎江解释道，“这是假肢。”

黎江的金属手外皮自动打开了，露出里面的骨架和电线。

“你受过伤？”

“没有。”

“你有天生的生理缺陷？”

“没有。”

“那你为什么装假肢？”

“这能让我更方便地工作，还能防身。”黎江说着，重新合上了手的外皮。

“我还是第一次听说有人自愿装上假肢只为了工作呢。”

“前无古人后无来者。”

“这又是什么？”安娜指着他手上的蓝色圆环。

“这就是能让我‘更方便地工作’和‘防身’的东西了。这是一个冷核聚变的反应炉。”

安娜再次惊诧道："冷核聚变？"

"对。"

"这真的是可以在低温下进行聚变反应的反应炉吗？"

"温度可以低到不会烫伤人，但高温的时候能达到你想象不到的温度。"黎江用手拍了拍安娜的肩膀，又碰了碰她的手。开始安娜还有点惧怕想象中的高温，没想到那个发光圆环的温度比她的体温高不了多少。"看，一点也不热。"

"那……你还留在月球上干吗？"

"我在逃避那个组织的追杀。"

"他们干吗追杀你？"

"因为我叛逃之后，拥有了很多他们想要的技术啊。"

"他们……"

"老大，早餐准备好了。"房间里响起埃里森的声音。

"别问了，去吃早餐吧。"黎江说着，扶着安娜站起来，"今天还得把你的引擎修好呢。"

他们走到门口，黎江突然想起一件事。

"我得给你找件衣服。"黎江说。此时安娜还穿着那身白色防护服。

"哦，我的衣服在舱里。"安娜推开门，跑到白色的飞行器那边翻找了起来，拿出了一个双肩包。

"好啊，去房间换上吧，我在厨房——就是这个门，等你。"黎江嘱咐道。

门关上了。安娜拎着双肩包回到卧室，坐回床上。不知为什么，她停下了手里的动作，出神地盯着墙壁。

她还活着……

她遇到了一个完美的男人……

过了一会，她闭上眼睛，一首歌从她唇齿间，像小溪一般潺潺流出，滋润着她的心房。

第四章 会议

“各位，我们已经第 6 次让黎江跑掉了。”赫里南上将说，“我们是要演‘七擒孟获’吗？”

“事实上，我们已经取得了冷核聚变技术关键的 7 个未知数据中的 5 个，全都是通过观察黎江逃跑的过程得来的。”赫尔纳斯说。

“尼普顿”号的一间会议室里，飘浮着十几个“海王星”的高级官员，赫里南飘在中间，他的头衔是众人中最多的，官位也是最大的。

“所以呢？”赫里南质问道，“我们要花 500 个海王时来修复黎江逃跑后的烂摊子！”

“比起进行试验取得资料，这点代价还不到零头。”赫尔纳斯冷冷地说。

“我同意上将的话。”房间角落里的一个人说话了，他叫林斐，是“海王星”的情报局长，还是一位杰出的发明家，“尼普顿”基地的很多硬件都是他设计的。“黎江多次成功逃离已经引起了组织内部的不满，我们不能给成员施以我们很无能的印象。”

“说得对。”赫尔纳斯旁边的一个人——古德里安·布莱恩说，他是“海王星”计算机研究中心的主任。“‘海王星’需要大家的信任。”

“如果掌握了冷核聚变，你们说的‘信任’什么的都可以达到。”赫尔纳斯对“达到”两个字还加重了读音。

“是吗？”赫里南带着三分嘲笑说，“那你来说说吧！”

“一旦得到了冷核聚变技术，就可以大规模地装备军队，我们就可以与黎江抗衡了。”赫尔纳斯说，“我们将会永远摆脱黎江的骚扰。到时候，就不会有人觉得‘海王星’羸弱了。”

“你确定吗？”赫里南说。

“绝对确定。”

“什么时候能取得全部的资料？”

“再抓他一次。”赫尔纳斯说，“只要他再次使用反应炉，就能得到余下的2个数据。”

“所以要再进行一次军事行动。”

“是，但需要上级批准。”

“按照程序，首先在座的人同意必须超过半数。”赫里南的表情立马变得严肃起来，“同意批准赫尔纳斯进行军事行动的人亮绿灯，反之红灯。”

说完，会议室关灯，没人能看得清投票人的面孔了。赫里南随即把手按在胸前，他制服上的金色“海王星”字样便慢慢变红了。每个人都按在了自己胸前，红光和绿光交相辉映，好像看不出哪个更多。

不一会儿，灯重新亮起来了，一个蓝光平面展开：

投票完毕。

单位：人 。

会议编码：19762。

总数：17。

反对：7。

赞成：10。

结果很明显，但是大家都没说话，就等赫里南表态。

赫里南无奈地说：“行，我跟上级联系。”

他踹了一下墙壁，通过墙壁上出现的门进了会议室隔壁的一个小房间，然后关上了门。5 分钟后，赫里南出来了，脸上略有愠色。

“行，赫尔纳斯，你说怎么办吧。”

赫尔纳斯似乎早就料到会是这个结果，他不留痕迹地笑了一下，调出了一个蓝光平面，指着说：“整个行动分为三个阶段：到达、佯攻并取得资料、撤退。到时候我们会组织两个飞船编队，加装重武器，分三个集群，向黎江的基地发起攻击。据我所知他的基地应该在月球上。”

赫尔纳斯又点开一个蓝光平面。“这是我在审讯黎江时，黎江隐形眼镜的放大图片——上面有一幅太阳系星图，这个就是黎江的逃跑路线。”赫尔纳斯在图上画出那条黎江的跃迁路径，“黎江为了躲避木星，特意选择了脱离黄道面而进行二次跃迁的方法，而最终目的地是——”

“月球。”古德里安盯着那幅星图说。

“对的。由于无法确定黎江在月球上的准确藏匿点，我特地计划让‘川藤星’号飞船加装一个舱室，储藏42个一次性行星地表扫描卫星、一套冷核聚变光谱分析计和‘老人星’号计算机的2号主机。考虑到飞船集群飞行的位置，到时候‘川藤星’号飞船应该最先入轨。一旦进入轨道，马上放出卫星，根据计算，这些卫星会在3分钟内扫描月球地表，一旦确定黎江的基地位置，我们马上进行远距离飞弹和电磁炮的攻击，之后派出小型无人舰载机集群——根据各个飞船的机库容量计算，应该会有1350架。这些举动的目的就是为了把黎江逼出基地。飞船则会一直停在月球赤道附近，不加入战斗，但是有一艘例外。”赫尔纳斯点开第三个蓝光平面：“这是‘土卫三’号救援船。这艘飞船将会带着最精密的仪器，用来检测冷聚变的数据，所以这艘飞船最后入轨。等它完全进入月球轨道，我们也确定了黎江的基地位置后，它会直接飞到基地上空，获取黎江反击我们的无人舰载机时的数据，接着离开。为了防止因这艘飞船被击落而丢失数据的现象，‘土卫三’号将会与全队联网，取得的资料会在全部飞船电脑上备份。一旦获得到了数据，它立刻撤退，退回到木星18号基地。要是此次任务成功了，下次一定能拿下黎江。”赫尔纳斯顿了顿，继续说：“下次将是我们首次正面捉拿黎江，而不是等他出去遛弯或是采矿时去阻截他，这对增长大家的信心非常有用。如果到时候捉拿黎江成功，‘海王星’会空前团结。”

“那为什么不直接在你的这次军事行动加入一个‘捉拿黎

江’的环节？”赫里南问。

“因为拿到数据之后要进行冷核聚变试验，成功之后，才能应用这项技术。也就是说，这事不能急。”赫尔纳斯解释道。

“冷核聚变试验要多久？”赫里南问道。

“快的话，两天就能交上去报告。”白凌晚是‘海王星’组织的科学顾问，但他只有中校的军衔，“最多用两个星期时间，我们就能完成试验了。”

“有多大的风险？”林斐问。

“几乎是0。我们现在可以任意关停反应堆，不会引起任何大型事故。”白凌晚答道。

“停，我们要讨论的是赫尔纳斯的行动计划的细节。”赫里南做了一个暂停的手势。

“等等，我好像注意到你除了在‘土卫三’号上安装了能够收集资料的仪器，还在‘川藤星’号上装了一套。这是要干吗？”古德里安问道。

“那是一组备份。”赫尔纳斯解释说，“我们不能把全部身家性命放在一个宝箱里，还是一个黎江随随便便就能找到的宝箱。‘土卫三’号没有武装，很容易被击落。假如‘土卫三’号没有完成任务，‘川藤星’号会接替它。”

“那为什么要从木星18号基地调兵？”一个铿锵的女声说。说这句话的是一个亚裔女人，她是这个会议室里唯一的女性，名叫柳金琳，是一名少将。

“因为那是组织离月球最近的有舰队驻扎的基地。”赫尔纳斯回答，“况且，木星18号基地旁边是一个宇宙能源研究所，十分方便。”

“我们怎么从基地到月球？如果按照我们大型舰只的航速，应该在半路就被黎江发现了。”一个人质疑道。

“我们现在的宇宙能源射线激射器虽然还达不到成为武器的能量标准，但是我们最近收到了‘最高政府’给我们的批示，它愿意向我们传授宇宙能源虫洞技术。这是赫尔纳斯选择木星18号基地的原因之一。舰队进入月球轨道应该不用花太长时间。”白凌晚说，“另外，如果需要宇宙能源射线武器的话，有‘最高政府’的帮助，我们也可以在一周之内把它造出来，但这必须经过批准。”

“哦，对了，我还要汇报一下黎江的新武器……”赫尔纳斯说着，故意把点蓝光平面的时间放慢了一点，用余光观察了一下周围的人们，他们脸上多数是严肃的，赫里南的表情则十分古怪，不知为何对赫尔纳斯笑了一下。

蓝光平面上出现了一段影像。黎江浮在审讯室里，没有任何表情。因为角度问题，大家看不到那块单向玻璃，但是黎江马上抬起头对着那面他看得到的单向玻璃说：“后会有期，赫尔纳斯！”然后喷出了一道等离子体。

“大家注意看！”赫尔纳斯提醒道。

画面动作变成了慢动作，只见黎江飘逸地一甩手，那一股等离子体被扯开，散成了无数个小小的蓝色火球，又立刻被强大的磁场揉作一团，接着又被扯成几个大部分，然后——它们凝固了，变成了一块看上去像是楔子形状的划痕累累的玻璃状的东西，黎江左手手指往下一砍，那些透明的楔子就直直地扎进了地板里。

“黎江就是这样逃走的。”赫尔纳斯说，“我们将会遇到前所未有的挑战，黎江的实力不容小觑，时刻谨慎！”

当天，会议持续了 4 个海王时。等到会议结束，柳金琳与赫尔纳斯共同飘向寝室。

“亲爱的，我不太赞同你的方案。”柳金琳抱住赫尔纳斯的头，说。

“为什么？”赫尔纳斯打开寝室的门，把柳金琳从天花板上拉下来，“就因为你们曾经是师生？”

柳金琳补充道：“还是同事。”

“还是同事，嗯。”赫尔纳斯几乎马上就意识到了黎江和柳金琳曾经的关系。“不过你选择和我在一起，就不要想其他的了。”他轻笑道。

柳金琳微笑着，但是内心无比酸涩。

“你猜，如果黎江没有背叛组织，他会是什么军衔？”柳金琳说道。

“反正比那个该死的赫里南高 100 倍。”赫尔纳斯说。

第五章 秘密

“这个引擎太危险了，稍有不慎就会爆炸，威力还不小。”黎江仔细检查着那个从飞行器上拆下来的一个大箱子一般笨重的快子引擎——它就像一个方盒子，表面是黑色的——回头对安娜说，“况且它损坏太严重了，要让它重新运转需要更换一大堆零部件，再换一个引擎可能更划算些。”

“你不是有快子引擎吗？”安娜走到他身边。

“我用的是‘海王星 5882’系统，与它是不匹配的。”

“那怎么办？”

“我看只能给你做一套战甲了。”黎江站起来，“只有这样才能把你送回地球。”

黎江说干就干，立刻调出一块蓝光平面，飞快地点击起来。

“给你的战甲起个名字吧。”

“我喜欢花。”安娜说，“起一个花的名字吧。”

“玫瑰？”黎江提议，“蒲公英？郁金香？紫罗兰？”

“紫罗兰吧。我喜欢。”

“非常酷。”黎江赞同道。随后他点开两面蓝光平面，其中一面与地面平行，呈正方形，有 1 平方米那么大。他把那块蓝光平面拖到安娜头顶上。

“两手张开，站好别动，让我扫描你的体型，好的。”黎江慢慢将那面蓝光平面竖直向下拖过安娜的全身，另一面蓝光平面上显示出了安娜苗条的身材，“设计战甲……仓库储存的铁钛合金还有多少？”

“足够了。”铁匠在一旁回答，“要什么武器系统？”

黎江犹豫了，这个战甲要不要加装武器呢？

如果加，快子岛一定会获得自己的冷核聚变技术；如果不加，中途如果出了错，把安娜传送到了某些危险的地方，没有武器的她可能会生存不下去。

“不加武器。”黎江思考良久后说。

“推进系统呢？”

推进系统？正常还是特例？正常的推进系统是用冷核聚变反应炉来做发动机，这样一定会使快子岛得到这项技术……

“德尔塔 79 号推进系统。”

“你疯了吧！”铁匠抗议道，“你要装喷气式推进器？”

“一次性的战甲不用那么高级的推进装置。”黎江冷静地回应道。

“一次性？”铁匠说，“我们从没做过一次性的战甲。”

“给她开个特例吧。”黎江说。

“能给我一个冷聚变反应炉吗？我想带回去研究研究！”安娜说。

“不行。”黎江立刻回绝。

“为什么？你不是有一大堆吗？”

“不是多不多的问题，而是快子岛灭不灭的问题。”黎江继续点着蓝光平面。

“什么？”安娜说，“为什么？”

“这是一个最大的秘密，你不能跟超子群岛里的任何人讲。要不然，轻则丢了性命，重则群岛会被歼灭！”

“什么是超子群岛？”

“就是量子岛、快子岛和强子岛的总称。”

“那你不算‘群岛里的人’吗？”

“我现在在哪？”黎江往顶上一指，“月球。只要我不把技术带回去，就不会引起超子群岛的毁灭。要是你带了反应炉回去，那就完了。”

安娜沉默了。她开始意识到世界的险恶，明白了自己现在应有的立场。居然还真有什么东西对人类文明进行着监视和控制！

“老大，真的要小心啊，万一‘它’认为那个一次性装甲对‘它’有威胁呢？”铁匠默默地把这行字打在黎江的隐形眼镜上，像在说悄悄话。

“那也要让她回家。”黎江在脑海中回复到。

铁匠不留痕迹地点点头，算是赞同。

“如果你想让战甲更灵活，可以试试意识贴合。”黎江建议道。

“意识贴合？”安娜问道，“那是什么？”

“把你的大脑和战甲连接起来，这样你可以看到战甲所看到的，你在某种程度上就是战甲的大脑，而战甲计算机的运算结果也可以直接传输到你的大脑里。”

“虽然听起来蛮酷的，但是……还是不用了吧。”安娜拒绝了他。

“不习惯？”黎江说道。

“让什么东西进入我的大脑里……啊……听起来有点恶心。”她吐了吐舌头，作干呕状，仿佛她的肚子里真的有什么让她想吐的东西。

“那，你只能用语言命令喽，再加上人工智能的行为推断，这个程序能预测你接下来要干什么，以便为你提供帮助……”黎江继续点击着蓝光平面，发出一声耐人寻味的叹息。

安娜意味深长地看了他一眼，垂下了头。

“原来我也摆脱不了女生喜欢看星星的俗气。”安娜自嘲。

就在一个小时前，黎江好说歹说、软硬兼施地说服了蓝山，使它同意让黎江把自己改小一号，以便让安娜穿上。其间谈判几次差点破裂，都是因为其他战甲在系统上对蓝山的无情嘲笑，黎江强制切断蓝山的外部通讯加上向蓝山保证以后会把它改回来之后，这套战甲才松了口。安娜和黎江站在月球的暗面，在终于没有任何喧嚣的空旷处并肩看着深不见底的银河。

“这里星星真多啊！”她感叹道。

“这就是天文台为什么一个比一个建得高的原因。”黎江轻轻地说。此时，月球北极那个小陨石坑的坑沿上，躺着两套战甲，仰望着星空。“大气层以厚重作为护盾，但却将模糊我们的视线当作代价。

“其实，你想想，事情都是这样的，没有谁做事完全不付出代价。没有永动机，因为能量不能说来就来；没有‘恒星’，核燃料总是要烧到头的；没有永生，不吃饭喝水也不行。世间万物没有什么是固定不变的，我们所看见的一切，包括我们自己，都是宇宙演化过程的一部分，是一种过程——一种付出代价、收获结果的过程。”黎江继续说道。

“很有哲理。”安娜说，“但是话说回来，你的生活如此丰富多彩，我却找不到‘情商’两个字。”

黎江读懂了她的潜台词。

“我没跟什么人有接触，从来不知道什么是情商，平时也只会开一些‘圈内’的玩笑，以至于我能说什么，就说什么。”黎江说道，“地球上有一句很有道理的话：你不能指望一个男人以你想要被爱的方式来爱你。”

安娜和蓝山都被这句话惊到了。蓝山马上就要插嘴，黎江敏感地意识到了后果的严重性并在它说话之前下了命令：“蓝山！关闭除生命保障系统之外的一切系统！”

“老大——”蓝山的声音逐渐变小，最后像咽了气一样消失在无形中。

不知道为什么，安娜始终不能把对黎江情商低的失望从自己心头转移走。埃里森站起来的时候，她仍然沉浸在心事里。

“你的战甲装备的人工智能，好像比我们快子岛的高了不止一个等级。”她随意地岔开了话题。

“是啊，它们更像人了。”

“实话说，我其实一直不知道我们的人工智能到底差在哪里，好烦。有一种朦胧的感觉，但就是说不上来！”安娜继续说道。

“说白了，人工智能成为真正的意识，最为关键的一步不是学会如何解决问题，而是学会提出问题。”黎江蹲下来，挡住了照在安娜面罩上的刺眼阳光，说道。

安娜把这句话咀嚼了两秒，恍然大悟。黎江见到面罩里她的眼睛突然睁得大大的，欣慰地笑了。

“那，这么说，你战甲上的人工智能，全都是完整的意识？”

“啊，不。”黎江答道，“人工智能说白了还是程序。我只是对它们进行了一点改造，让它们用这种‘自问自答’的方式最大效率地协助我。它们没必要拥有完整的意识。开个玩笑——费电。”

“这……在伦理学上解释不通啊！你的战甲不是更像人了，”安娜惊慌地说，“我思故我在！它们拥有了提问的能力，也有了解决问题的能力，它们就是一个……”安娜颤抖地说出了那个令人胆寒的词，“一个人了。”

“所以呢？”

“你对一个人的思想做了改造，控制了它？”

“听起来不可思议，对不对？”黎江平静地说道。

“不只是不可思议，这个想法令我发抖。”

“是啊。人文主义已经渗透到我们血液当中了。”黎江感慨道，“不过，你想想，意识的诞生也是自然的必然。人的神经连接起来，形成电路，实际上就组成了一个‘电’脑。如果把人脑的特定部位通电，就可以控制一个人。让他或她去某处，干某事，甚至爱上某人。我们时常认为是我们自己控制着自己，但根本不是。事实上，大脑和计算机是如此之像，以至于我们只要掌握大脑的算法规律，就可以让一个人的大脑受制于别人。这种机制来源于进化。高等动物自从用电子信号控制身体之后，大脑这东西就变得越来越重要。我们的大脑，只是大自然研发出的‘生物计算机’的最新一代而已。你以为其他物种的大脑都无关紧要，我们的大脑才是最重要的。不！我们的大脑依然是地球母亲的礼物。地球上所有的大脑都可以受制于人，只是人文主义不允许我们这样而已。”

“这违背了人类最基本的伦理观！”安娜两手撑地，坐直了身子。

“伦理这东西除了防止人类近亲结婚导致下一代基因异常之外没有一点用处。”黎江解释道，“我的眼光着眼于人类文明总体。如果我们研发出了和我们一样的意识，却发现这东西太像我们了所以弃之不用，人类文明就完了。伦理是人类最初对自己和群体制定的准则，我认为它现在已经不适应步入太空时代的人类了。当初伦理试图阻止一切有关脑科学、生殖科学和基因科学的研究，还让人类基因编辑陷入停滞。殊不知，在太空时代，改变我们自身的基因才能在太空中走得更远。人类可以选择冬眠，拥有更好的抗辐射能力，甚至更好地适应失重，阻止体内钙流失之类的。伦理这东西阻止了让人类进步的……”

“但这之后，人类就不是人类了！”

“像你说的，我思故我在。只要我们认为自己还是人类，我们就是。”

一片无线电静默般的寂静。

“你关于脑科学的研究有多深入？”

“我已经可以将一个人的意识完全复刻下来，并入计算机网络。只不过我还不能把意识导回到人的躯体里。”

一阵沉默，随后安娜轻轻地“哇”了一声，接着质疑道：“那你的意识不是可以接入战甲再导回来吗？”

“那只是意识贴合。我的意识占领了战甲的计算机，让它的程序改写了，这叫意识转移；我的意识和战甲的人工智能共享信息，人工智能依然正常运作，这叫意识贴合，懂不？”

安娜清脆地说：“嗯，懂啦。”

“也许未来，人类整体可以全部脱离大脑，并进入全球思维网络，地球上的人造建筑只剩下几个服务器。人们如果想要回到现实世界，只需要将自己的思维导进一个生物形态十分完善的机器人就行了。那时，地球会还给自然，人类则迁移到电子世界或者太空。”

又好像是一阵无线电静默。

“你的思维很宽广，几乎到了常人无法企及的广度。”安娜心里一半佩服，一半恐惧，“但是作为一个地球人，我还是感觉不习惯。”

“这只是我自己的看法。不用太为此纠结。”

黎江抓起安娜的手，轻轻把她从地上扶了起来，说道：“晚上你自己睡吧。”

安娜想了想，虽然自己还不能完全克服那一道明亮的闪光，但还是说：“我试试吧！”

“你还怕‘闪光现象’吗？”

安娜没有说话，点了点头。

黎江的意识里，时间在某一刻定格了下来。那一刻，就是安娜所住的房间再次传来尖叫的时候。他马上从埃里森里跳起来，后者警惕地举着手跟在他后面，好像是在执行什么防暴行动。

“怎么又吓到了？”他揉揉眉心，一脸无奈地推开了房间门。

场景一如昨日。

凌乱的房间、乱七八糟的摆件。

“Come on！”黎江绝望地叫了一声，一脚往地板上踩去——那个被安娜扔下床的托卡马克装置被踩断了。它之前危险地发出了蓝光。

“安娜！冷静！”黎江大喊道，声音震慑了这不到 10 平方米的卧室。

安娜渐渐地停了下来，乱舞的手也搭在了床沿上。

黎江走过去，轻轻地坐到安娜身边，左手绕过她的后背，搂住了她。

“放开我。”她反抗，脸上还是不屈和恐惧。

“行，那就先安静下来。”

“我……我睡不着……”她停止了挣扎，声音显得很虚弱，表情变成了一片茫然，这和她第一天来月球时差不太多。

她无意识地用双手环抱住他的颈，寻求保护。

黎江左手用力，右手架住她的小腿，将安娜抱了起来，从未关的房门走了出去。

“你要陪我吗？”安娜此时特别像一个发烧等待就医的小女孩，无助地望着黎江，那眼神甚至可以把他的心融化成血水。

“是的。不过我们得找个合适的地方，床沿坐得我腰疼。”黎江打开厨房的门，“沙发怎么样？”

“好啊。”

他们走进了厨房，墙壁柔和地亮着光，使人睡意浓郁。黎江把安娜轻轻地放在那张柔软的皮面沙发上，自己拎来一张小板凳，坐在安娜旁边。

“你真像我父亲。”安娜露出一个感激的笑容，小心翼翼地把疲惫隐藏起来。

“你的父母怎么样？”黎江问，手一挥，厨房失去了照明，他们接下来的交流是在一片黑暗中进行的。

“我妈待我很好，我爸爸很会讲故事，而且很能干。有一段时间，我们家族破产了，家里几乎什么东西都是我爸爸做的，就连洗衣机我爸爸都仿了一个——你知道，就是以前那种老式的滚筒式的洗衣机，虽然破旧但是至少能用，解决了一时之需。你看，这里的一切，不都是你自己设计、自己制造的吗？”

“嗯哼。”

房门打开了，但是仓库里的光线比厨房强不了多少。埃里森抱着被子走了进来。黎江接过被子，将它轻轻地铺在安娜的身上，细心地替她掖好被角。

随着“咔嗒”一声，埃里森把厨房门关上了，一瞬间，灯熄了，声停了。

“只不过……我爸他在我成人的那一天，就去世了。”安娜打破沉寂，以出人意料的平静语气说。

“正好是你的十八岁生日？”

“对。所以每次我过生日，都要干两件事，除了吃蛋糕就是扫墓。”

“我很抱歉。”

一阵沉默。

“他是被枪杀的，是吗？”

“你知道？”

“不知道。不过可以判断出来。‘闪光现象’肯定对你有什么意义，我猜对了。你之所以睡不着，是因为你想起了开枪时枪口的火光。”

又一阵沉默。

“你真厉害，把我的心思挖透了。”

“我让你想起了你的父亲？”

“嗯。所以……”

谢谢你。

她无声地说。

黎江在安娜躺着的地方摸索着，顺着反应炉幽蓝的光线，找到了安娜的脸，随后，动作一下子轻了许多，好像没有重量似地拂过安娜的面孔。

“这样很舒服啊……”安娜模糊不清地说。

黎江没有应答，而是继续抚摸着安娜的面颊，催眠一样合上了安娜的眼睛……

过了一小会儿，黎江听着安娜此起彼伏的、平静的呼吸声，默默地让眼镜打开那套名为“紫罗兰”的战甲蓝图，盯着蓝图看了好一会儿，接着他的视线转移到了熟睡美人的面庞上，又陷入了沉思……最后，他在战甲设计配置一栏上进行了改动，随后手一架，脸一埋，也陷入了沉睡。

与此同时，火星轨道上，“鳞甲号”检测到了黎江的行为，也检测到了“海王星”的计划。它知道黎江的这个举动有可能超过自己的科技阈值，到时候它将不得不摧毁这个地外个体。不过，它选择静观其变，到时候再实行毁灭计划也不迟，毕竟“海王星”会先用他们得到的技术去遏制黎江……快子岛竟然真的拥有了初级的快子引擎，这已经非常危险了，如果黎江把快子引擎技术传入快子岛，它就必须把黎江和快子岛统统摧毁。不过，黎江毕竟知道“规矩”，还是要对他施以一定的信任。如果他真的“越界”了，就只能“遗憾”地对他施以惩罚了，因为他威胁了自己的安全。

“鳞甲号”向月球发射了一道带信息的宇宙能源射线，作为给黎江的警告。

“醒了？”黎江说，“但愿你没醒，因为我们有大麻烦了。”

安娜扭了扭脖子，好奇地问道：“怎么回事？”

“看起来它检测到了我们之间的谈话了。”黎江把一个蓝光平面拖来给安娜看，“它给我们发来了警告。”

安娜没有问“它”是谁，她已经知道了：

黎江啊，你已受到警告，
别以为这是句无用的玩笑，
你的藏身之处有一位客人，
她就来自超子群岛。
你向她透露的信息，
我有幸知晓，
这些无伤大雅的话语，
惩罚倒是没有必要，
但是不要侥幸，
因为，一旦我观察到某些逾矩之行，
你们将被世人忘掉。

“这是在昨天我们睡觉时，发射过来的宇宙能源射线。”黎江表情异常严肃地说，“这是最高级别的警告了。一旦我再向你透露稍微多一点的信息，我们俩就都玩完了。”

安娜没有再多说了，可是疑问一直堆积在她心头：“它是谁？它是什么？听这口气，它到底有什么力量使强大的黎江屈从呢？

“一定有一种比冷核聚变更厉害的力量，会不会是黎江提到的‘宇宙能源射线’呢？会不会是一直追杀黎江的组织呢？

“不，不应该是追杀他的组织。既然信息发得这么准确，那它就应该知道了他的藏身地，它既然有令黎江畏惧的力量，捉拿他岂不是手到擒来？

“黎江对这个‘它’好像很怕，就是因为……”

安娜的脑海里浮现出了一组画面，一个超大的能量激射器……绿色的光……扩大中的一个绿色球体……

“宇宙能源射线……”安娜喃喃自语，声音刚好可以被黎江听到，“我爸爸的公司曾经研究过这个……”

黎江转过身：“你父亲的公司？‘P Tec（P是“菲利普”的英文首字母。）’？”

“是的。”安娜说，“在我家破产的前一年，我去过我爸爸的公司，在那里我看到了宇宙能源激射器。”

“快子岛也知道‘宇宙能源’这个概念？”

“你说的‘宇宙能源’是不是一种绿色的、很亮的光？”

“差不多吧，”黎江轻描淡写地说，“实际应该更复杂些。”

“它还能传递信息？”安娜问。

“是的，宇宙能源射线如果经过调制，它的强度会有微小的变化，根据这个变化就可以检测出信息。”黎江说完，马上补充了一句，“如果你知道的太多，不是被杀，就会被强制留在月球。我不能再给你提供更多信息了。”

黎江见安娜有点委屈，马上岔开话题：“你的新战甲组装好了，要试试吗？”

这时，黎江的身后出现了一套新战甲，这套战甲比较特别，一般黎江的战甲是钢青色的，而这套略带红色，左肩有“violet”的艺术字，略比黎江矮一点，是完全按照安娜的体型设计的。

她也配合地望过去，马上就被震撼住了。

这套战甲是专门为女性设计的，金属的刚毅里面有着女性柔软的线条，流线型的设计更增强了它的可观感。不卑不亢的粉色在灯光的映衬下显得流光溢彩。她用手抚过甲片，好像对待一件精美的艺术品。

“如果你想，我们可以出去散散步。”黎江建议道，“这是一套完整的战甲，所有的装备都和我的无异，等你回地球时我再把它改成一次性的吧。”

“它真的很棒！”安娜回过头，对黎江微笑道。

她知道这些设计出自他手，也想到他所花的心思，一切都只为了让自己更安全和舒适。

“可以帮助一个人回归家园，是我的荣幸。”黎江不好意思地说道。

长长的影子已经触及了环形山的边缘，黎江和安娜跳跃在这黑白的世界里。太阳光掩盖了一切靠近它的星星。

“你还想看星星吗？”黎江的声音从对讲机里传出来。

“好啊。”她回答。

随即，安娜的面罩迅速调整光线，原本被太阳光掩盖的星星显露出来，在小小的面罩里显得非常壮观。其中有一个红圈圈住了几十颗星星，显示它们是太阳系内的行星。

“我的星库比人类现有的更大，更全面。”黎江说，“除了红圈标记的地方——柯伊柏带和奥尔特云以及其他地方的一些很暗淡的小行星没标出来——你所看到的每一个光点都是一颗恒星，有些甚至是一个恒星系。自从有了快子引擎之后，我就开始大规模地投放战甲到那些类地行星和某些行星的卫星上去，我之前对你讲过。有些行星环境恶劣，所以我本人不会经常性地登陆行星，只是在那里建立一个补给基地罢了，为以后探索宇宙空间提供后勤补给。”

黎江说完，安娜头盔的星图上又用蓝色圈标记了几颗星星，显示着黎江的太阳系外基地的位置。

“这个是我引以为傲的基地。”黎江说着，操纵星图放大，显示出一颗孤零零的蓝色气体巨行星，把整个面罩都占满了。它的表面有一大块白色的部分，还在缓慢移动。

“你是怎么把基地建在气体行星上的？”安娜问。

“谁说我建在那上面了？”黎江继续放大，巨行星的白色部分里逐渐出现了一个小小的黑点。继续放大，才看到上面有人造建筑。

“这是众多基地中唯一一个没有行星或卫星作为基础而建造的基地，也就是说，它就是一颗巨行星的卫星。”

“这才是‘人造卫星’。”安娜调侃。

“很对。这是‘安可杰纳斯’双星系统的唯一一颗行星，加上我的基地它就有 28 颗卫星，其中我的‘人造卫星’上面有 2 亿套战甲，而且有人造大气层。如果我实在没别处去了，我就只能跑去那里了。你知道我为什么不愿意去那里吗？”

“为什么？”

黎江没有回答，而是把星图往左移，移动了整整两分钟，才看到两颗恒星：一颗极为庞大，颜色深红，是一颗红巨星；而另一颗是颗小小的白矮星。两颗星之间距离比较遥远，但还是构成了双星系统。再看看那颗行星与两颗母星的距离，很容易估算出巨行星的温度。

“那里应该很冷吧。”

“是，不过也可以解决。”黎江说，“我有小型反应炉，可以充当小‘太阳’。说实话，它的条件还算不上太差，我给你指一颗条件最差的。”

黎江缩小星图，再次显出庞大的宇宙，然后他把另一个点放大。那颗行星出现后，黎江介绍：“这是一颗非常奇葩的行星，体积是水星的两倍，它所在的恒星系叫‘雨伞’。但是它离恒星的距离比水星离太阳还近一倍。它的行星自转轴就像是被什么东西撞歪了，到处翻滚。不过这倒是给了这颗行星上的一些地方冷却的机会。

“这颗行星十分了不得，它富含铂，做过滤器的时候会用到。除此之外，它还有小行星环，”黎江再次放大，只见一堆形状各异的小行星在这颗行星周围形成了密集的环，“这些小行星的各种矿藏十分丰富，有些也有丰富的水。这个基地所有的补给都来自于这个行星和行星环。问题是，这个基地没有办法补充氢，因为这个星系只有一颗固态行星，没有气态行星，所以只能从别处运输氢，贮存在这里。现在，那里的氢可以为20万套战甲提供能源。”

“环境最好的基地在这里。”黎江再指向另一颗恒星，它是蓝色的，而且恒星耀斑的喷发十分频繁，它的表面满是长长的日珥，就好像一团被狗啃过的毛线球。“这是‘丝绸’星。它有五颗行星，其中一颗离恒星有540个天文单位，太远了；还有两颗的轨道距离恒星不到水星距离太阳的四分之一，太近了，战甲会被融化的；此外还有两颗，其中一颗非常冷，地下冰火山经常爆发；最后一颗——”黎江调出了那颗行星的画面。

安娜简直不敢相信自己的眼睛：这颗行星表面覆盖着绿色的植被。“趋同进化。”黎江解释道，“‘丝绸γ’的植物和地球上的一样，进化出了类似叶绿素的东西，能进行光合作用。这里的大气含氧量丰富，十分适合人类居住。只不过有两个问题：一是这颗恒星的耀斑十分频繁而且剧烈，‘丝绸γ’的磁场虽然比地球强了50倍，但是可以挡住‘丝绸’星的致命辐射，虽然剧烈的恒星耀斑有时会把这颗行星的大气剥离一部分，不过无伤大雅；二是有一颗捣蛋的‘丝绸δ’，它有一条椭圆形轨道，经常会跑进‘丝绸γ’的轨道里，5年一次。‘丝绸’星是一颗蓝色恒星，它的宜居带范围很广，这颗行星就位于它的宜居带内，平均温度大约在 25 至 40 摄氏度之间，非常不错。上面的植物类似苔藓，以这颗星球上的一种油为生，就像地球的水。这就是人类一直在寻找的‘第二地球’。”

“我好想去那上面逛逛……”安娜憧憬地盯着面罩上的那颗星球，想象着那上面的美丽景象：小溪、草原、巍峨的山脉……她又想起自己生活的蓝色星球，那里有自己心心念念的家人，有着她毕生的梦想。

“是啊，一颗非常美的星球。”他的声音从无线电那头传来，他也微微哽咽着，“可惜我必须留在地球附近。”

“为什么？”

“我要守卫量子岛。自从我被带离地球，加入武装组织‘海王星’后，我就必须远离地球了，因为我知道了很多‘有害的’知识。我一心想要逃回量子岛，被捉住后，他们告诉我，我再也不能回量子岛了，当时我的心情你应该能理解。”

“悲伤、痛苦、极度绝望，离自己的故乡有 30 个天文单位的思念。”安娜嘴唇不动地说道，“是啊，我感觉到了。”

“我 20 岁的时候，无意间听说了‘海王星’组织——也就是我跟你说过的那个追杀我的组织的一个计划，目的是不再为了寻找地球人加入组织而费力。他们研发了一瓶听起来像长生不老药的东西，我当时也还不知道这次试验的风险，直接喝了下去。”

“然后怎么样？”

“我这么告诉你吧，我出生在 1984 年。”黎江苦笑着说。

“天哪！”安娜满眼震惊。

黎江看起来只有20来岁，但今年是2051年，算起来黎江已经60多岁了。

“但很多个试验者里，只有我成功了。‘海王星’对这件事情调查了很久，可一直没有查出结果，最后，这项计划被废止了。”

“你真幸运。”

“谢谢。”黎江说，“从那时起我就下定决心，要逃离‘海王星’。我在没人的废旧库房，用没人用的残次材料，花了五年时间，做出了第一个核聚变冷反应堆，从来没被发现过。我成功逃出‘海王星’后，因为没办法回地球，所以只能回到了离地球最近的月球，建立起我的第一个反抗‘海王星’的据点。

“接下来说说你的事吧，快子岛的第一次快子引擎试验出了什么事？”

“呃……我有对你说过快子实验的事吗？”

“我什么事不知道？‘海王星’里有很多人都来自快子岛，比如说赫尔纳斯·罗杰斯。”黎江笑着说。

这个人名触动了安娜的心弦。赫尔纳斯，多么熟悉……

他是一个很阳光热情的人。他会对她毫无保留地微笑，他会冒着大雨出去只因为她突然想喝奶茶，他会背对着阳光耐心给她讲解世界的运转，侧脸棱角分明。

她那时很喜欢他。

就读于快子高中时，两人情窦初开，赫尔纳斯向安娜的作业本里夹了一张告白的纸条，然后第二天，他就奇怪地消失了，再也不见踪影。

他竟然在“海王星”！

“快子岛竟然真的研发出了能用的快子引擎，真让我吃惊。”

“我们一直在追溯我们岛名的来历。”

“可惜，你们没想到，第一个发明快子引擎的人不是你们。”

“这倒真没有。”安娜尴尬地笑着说。

“我检查出你们的快子引擎导航仪出了问题，一条线缆太靠近快子引擎的散热片，它的绝缘层被烧化导致导航仪短路，这才把你送到这来了。不过你们既然已经研制出了能用的快子引擎，就处于危险之中了。”

安娜回过神，绷紧神经：“什么危险？又是什么机密吗？”

黎江犹豫了一下，解释道：“没关系，只给你一些抽象的概念，不提供实质信息，是没问题的。”

黎江向安娜走来，从安娜的“紫罗兰”装甲腰部的一个嵌进去的小匣子里取出一支小火箭，又拉起安娜的右手，把火箭装在一个弹出来的架子上。

“把它发射出去。”

“怎么发射？”

“想想就行了。”

安娜在心中默念一句：“发射！”火箭依然好端端地待在手臂上。

“哦，我忘了，你没有开启意识贴合功能。”黎江突然想了起来，“紫罗兰，发射火箭。”

紫罗兰一得到指令，就轻轻地、无声地把火箭发射了出去。它以极快的速度消失在了环形山之上。

“为什么我选择反抗‘海王星’而不反对‘它’，就是因为那是没用的。”黎江轻飘飘地坐在了月球表面，安娜也挨着他坐下，感觉臀下非常轻浮，随时都会飘起来。

“无论你走了多少路，费了多少工夫，向前看，‘它’的实力还是无法超越。”

“‘它’是……类似神的东西吗？”

“这是比喻还是实际问题？”黎江的语气异常有力，“如果是比喻——是的，它就像神。如果是实际问题，我就无可奉告了。”

两人良久没有说话。

“有了‘它’，你会发现一切都是无用功。”黎江打破沉默继续说，“人类是地球的主人，‘海王星’是巨行星的主人，但是‘它’是太阳系的主人。一切太阳系内的生灵全都要向‘它’顶礼膜拜。只要有威胁，‘它’就会对那个有威胁的生命个体、组织、地区，甚至行星施以打击。

“不要招惹太阳系的主人，安娜。”黎江转头对安娜说，“你做的一切都是无用的，都会回到最初的地方。”

黎江伸出手，从空中迅速抓住了一根细长的东西。安娜惊奇地发现——那是刚才她发射的那只火箭，已经整整绕了月球一圈。它无力地挣扎了一下，然后就熄火了。

“不能违反太阳系的规则，否则……”

黎江把那支火箭轻轻抛了起来，火箭一下就飘得很高。

黎江平静地说了一句：“就会被清理。”

火箭无声地爆炸了，爆炸声却在她心中响起。虽然火箭飘得非常高，但是冲击波仍把安娜震得向后飞了出去。

黎江把安娜拉了起来，说：“我们得小心行事。”

安娜点点头——她早已心知肚明。

“你打算什么时候回去？”黎江问安娜，“要想回去，现在就可以送你回去了。”

安娜已经不太那么急着想回地球去了，黎江的世界仿佛有无限大的诱惑力，而且比起黎江的世界，更有诱惑力的其实是黎江。她早已下了决定。

“我想再跟你待一段时间。”安娜轻轻地说。

黎江明白了她的意思。他轻轻地握住了她的手。

他被极度理性所加固的坚不可摧的心防开始决堤。自从与柳金琳分别后，他还是第一次有这种感觉。

第六章 大战

两个月后，木星 18 号基地。

“推进器检测完毕。”

“武器系统检测完毕。”

“宇宙能源激射器检测完毕。”

“‘川藤星’号飞船出发准备已经完成，总指挥。”林斐对赫尔纳斯说。他们俩现在正在“川藤星”号飞船上的总控室，各种通信员、指挥官云集于此，都被安全带绑在座位上，做着出发前最后的准备。赫尔纳斯是此次行动的总指挥，总控室还专门留给他一个能俯瞰整个房间的座位。

“各单位报告准备情况。”赫尔纳斯说。

“第一编队准备完毕。”“第二编队准备完毕。”……对讲机里陆续传来各个编队的回复。

“‘土卫三’号准备完毕。至此，全队准备出发。”

“收到。根据上级命令，25 号飞船为旗舰。”赫尔纳斯十分威严地说，“各部队按照《第 2073 次行动计划书》原定命令执行。全队始终保持 784 号通讯波段连通，如有紧急命令，会在此波段播报。

“全队，出发！”

赫尔纳斯说完这句话后，一阵像是蚊虫在耳边徘徊的声音逐渐变响，接着是一声开炮的声音，“川藤星”号飞船前出现了一个虫洞，宇宙能源射线特有的绿色的光芒闪过，接着出现了月球的清晰轮廓。在这里，宇宙能源把空间的两处合为一处，看上去就像一个圆球，“川藤星”号飞船缓缓地进入了这个圆球。

与此同时，黎江的仓库里。

黎江与安娜一同从厨房出来。黎江依然穿着那身他从“尼普顿”基地逃出来时穿的衣服，只是换上了比较宽松一点的黑色长裤，安娜则换上了一件休闲 T 恤衫，配上一条牛仔短裤，一头大波浪随意地披着，使她显得俏丽了不少。

“我们今天有三个行程，一个是人体意识转移试验，一个是‘巨型装甲’组合实验，还有一个就是去‘丝绸’星看看，有一架负责采集氢的无人飞船迷失在离‘丝绸’星 200 个天文单位的地方。”黎江瞅了一眼蓝光平面上的日程表，又瞅了一眼安娜，说，“你的鞋带散了。”

安娜兴奋地说：“不要管鞋带了，很久之前我就想去‘丝绸’星看看了！看来我们还是可以达成共识的嘛！”

“今天成全你，就当是一次星际旅游吧。”黎江说着，套上了迎面而来的埃里森，“3 个海王时后再说吧。现在……”

蓝山从他们两人身后走出来，来到黎江面前，和他面对面站好。

“蓝山，准备重启系统。”黎江说着举起双手，“意识复刻版本转移试验开始！”

安娜看着两套战甲都没有任何动作，疑惑地凑上前去，往埃里森的面罩里望去。但是黎江把面罩调成了单向状态，安娜看不到里面发生了什么。

不一会儿，蓝山动弹了一下，接着“哐啷”一声，跌坐在了地上，声音在仓库里显得格外大。安娜惊得跳了起来，差点要躲到埃里森身后去。

“试验失败了？”她转向埃里森，但是后者仍然保持着举起双手的姿势。

蓝山摸了摸自己的头盔，随后，面罩变成了透明的，头盔内壁的几盏小灯投影出了一张脸。安娜惊异地看着那张新出现的黎江的脸——它的所有细节全和消失在战甲面罩下黎江的脸一模一样。

“我的天哪，试验成功了吗？”蓝山里头的黎江说道。

“看样子，是的。”安娜更加惊奇地注视着真正的黎江脱下埃里森，走了出来。

“黎……黎江，”她惊恐地问道，“这……你不是要进行意识转移吗？”

黎江向她挥了挥手，示意她不要说话。

“你是我？”

“我就是你。我把我的意识复刻版本植入了蓝山的计算机里。”黎江补充道，“真正的。”

“哈！为什么我总感觉是我的意识去植入战甲的计算机？”

蓝山里的那个黎江看了看战甲的手。

“我和你是一个人，这是一回事。”

“等等，如果，我是复刻版本……”战甲黎江把“目光”从手移向了另一个黎江，“眼神”复杂到安娜都不敢相信这是投影仪能模拟出来的。

没等安娜反应过来，战甲黎江就向黎江猛扑了过来，有反应堆的助推，战甲黎江的力气比黎江大得多。两人一起“咣”的一声撞在了仓库的墙上。战甲黎江迅速站稳，举起右手，掌心的反应堆对准了黎江……

“嘭”！黎江一记铁拳正好砸在蓝山的面罩上，战甲黎江飞了出去，但又立刻用推进器倒推让自己恢复平衡，重新站稳脚跟。没等战甲黎江再次攻击，黎江就大喊：“眼镜！把超导磁场打开！”

“我就是你，我有你的记忆，当然知道你要用这招对付我。”战甲黎江冷笑道。

战甲黎江双脚一蹬，便高速向上飞去，黎江惊恐地看到，战甲黎江想要撞破仓库的天花板。天花板外面就是太空，战甲黎江自然不怕，但是他和安娜马上就会被卷出月球基地，毫无防护地暴露在太空中，然后惨死在这颗星球上。

又是“嘭”的一声，战甲黎江右脚的反应堆在一阵火光中爆开了，强烈的光芒在一秒钟时间内淹没了一切，接着是战甲黎江的坠落。

蓝山的甲片被摔得几近散架，胸甲只剩几处焊点粘连，就连面罩也摇摇欲坠。“怎……怎么会这样？”战甲黎江把右腿挪到身前，只见膝盖以下的零件全部被反应堆炸烂了，脚掌已经不知去向。

不知何时穿上紫罗兰的安娜踱到黎江身边，放下了刚刚瞄准战甲黎江的右手。

“你知道他会怎么对付你，但是不知道我会怎么对付你。”

就是现在！黎江右手一挥，操纵超导磁场让战甲黎江身上所有的反应堆都失效了。失去反应堆供电的战甲黎江失去了行动能力，投影仪停止了工作，计算机也停止了运转。

黎江感激地转向安娜，后者正在脱下紫罗兰。

“不用谢我，”她面有愠色，抢先说道，“只用跟我解释一下这是怎么一回事就行了。”

“所谓意识转移，就是把意识复刻下来，转移到其他地方。不是把一个人的意识从大脑里剥离出来。事实上，真的要进行‘意识转移’，就必须把原来大脑里的那个意识消除。我现在还没有掌握把意识导回到大脑里的技术，只能复制出一个‘我’导进战甲里。”

“那……他为什么要攻击你？”

埃里森默默地把蓝山抱起来，开启磁力，把地上蓝山的零碎部件吸在自己身上。紫罗兰贴心地替埃里森打开厨房门，后者把蓝山的残余部件倒进了墙上斜挂的很粗的漏斗里。接下来，零件会被转移到战甲制造流水线，蓝山会被非常迅速地修理好。

“只要我还存在，我早晚会构成威胁。听说过黑暗森林理论没有？”

安娜点了点头。

“我管这种现象叫作‘黎江黑暗森林’。首先确定两个基本原则：第一，我是有求生欲的；第二，我会怀疑自己获得的信息。”

“嗯。”安娜点点头，催促他往下说。

“当我原本相同的意识分裂成两个意识的时候，这两个意识因为处于不同的环境，它们在记忆和思维上就会有不同之处，这叫作意识的分化。这时候因为它们的思维方式不同了，就成了两个分享一段相同记忆，但又完全不同的意识。

“暂且把我和他分别命名为A和B吧。两个意识因为分享一段相同的记忆，所以A和B都理所当然地认为它们是同一个意识。假如你是B，你意识到了A和你不是完全相同的，你会怎么办？”

“把你当作一个老朋友？”

“你会相信我说的每一句话？”

安娜沉思了一会，说：“这样不行，你会怀疑自己获得的信息。”

黎江接着说：“A和B都知道这是个试验，那个复刻的版本会被销毁。”

“所以他的求生欲就被激发了！懂了，所以他才会先下手为强攻击你。但是，他掌控了一套战甲啊，你还是个血肉之躯，实力根本没有正常分配，你对他构不成威胁。”

“A 只要存在，对 B 都是威胁。人是会说谎的。这时候 B 处于一种被威胁状态，既面临着被杀死的可能，又不知道 A 有没有这个动机，猜疑链就形成了，A 不知道 B 说相信 A 是不是真的，B 也没有办法相信 A 说不杀 B 是真的。这种链条基本不可能被打破，因为他在那时无论听到什么也不能相信，但也没法证伪。”

“所以你的复制版本，在你存在的时候，不能不杀死你。”

“对。这种情况可能只有我有。如果一个人的威胁性不是太大的话，可能还会出现像你说的‘和自己交朋友’的情况。我自己也试验了很多次，每一次，只要‘他’发现自己在战甲里，就想把我找出来杀掉我。”

“这根本……啊，真的好难理解……”

“这只是人类文明迈向更高层次的过程中必须克服的阻碍之一罢了。”黎江再次套上了埃里森，走到仓库圆形地面中心位置，再次举起双手，“来点轻松的吧——我不知道这东西能不能行——巨型战甲组装实验，现在开始！”

仓库墙壁上的许多门“嗵”的一声划开了，里面飞出了捕蝇草、铁匠和仙人掌，还有一些其他的战甲：木卡姆、精灵、斗牛士、海啸、咒语、太平洋、弗朗德和矮种马。这些战甲接近黎江时没有减速，反而变形成为各种怪模样的部件，有些贴合了埃里森的手臂，有些完全成了埃里森膝盖的一部分。埃里森被一步步垫高，手臂和腿越来越长，周身也被钢甲覆盖了。不到一会儿，整个巨型战甲就组装完成了，看起来好像一只巨大的没有头的金属长臂猿，拙劣而脆弱。

安娜看着眼前的滑稽不堪的场面，忘记了之前关于意识转移的困扰，“咯咯咯”地笑出了声，戏谑道：“你认为这和你预期的一样吗？”

黎江沉闷的声音从战甲深处传出来：“废话，能一样吗？”

突然，“金属长臂猿”的膝盖部位不祥地响了一声，然后整架战甲向前倾倒。“轰”的一声，“长臂猿”撞到了仓库的墙壁，巨大的撞击力让它解体了，碎成了一块块战甲零件。埃里森被甩到了仓库另一头，黎江狼狈地从战甲中脱出身去，身上满是尘土，头发凌乱不堪，像是刚遭受了轰炸。

“至少从某种程度上来说成功了，不是吗？”安娜踩着满地的战甲零件走过去安慰黎江。

“对，至少它站起来了。”黎江把头发重新打理好，“战甲组装！”

那些战甲零件重新变成了一套套战甲。

“还有很多不足吧？”安娜坐到黎江身旁，询问道。

“是啊，膝盖附近的地方有问题。”黎江端过来一杯矮种马递过来的美式咖啡，啜了一口。

“你知道吗，我最喜欢你努力解决问题的时候那副思考的样子。都说男人认真的样子最好看，现在看来，这句话倒是没有骗人。”安娜不自觉地靠在了黎江的肩膀上，望着他的脸。

“谢谢你这么说。”黎江也伸手搂住了安娜的腰，“我以为你认为我什么时候都很好看呢，没想到你对这种狼狈相情有独钟啊。”

“就你嘴贫。”安娜说着，佯装生气，挥袖打了一下黎江的头。

“三个月前，你就是这么狼狈地从那个玩意儿里爬出来的，还想我说什么？”黎江不顾安娜的动作，指着那具搁在仓库另一头的白色飞行器顽强地说道。

“黎——江——”安娜的语气变得凶狠，每个字都像是从牙缝里挤出来的，“有本事你继续……”

黎江用了手上的反应炉喷射产生的推力才使自己离开了安娜的“杀伤”半径，飞到了仓库的墙上，用掌心的磁力将自己挂在离安娜 10 米高的地方。丢下的咖啡被矮种马利索地接住，没漏出一滴。

“黎江！你到底想干吗？”安娜的语气强硬了起来。

“老大，我劝你最好别惹她，她的肾上腺素激增了。”埃里森偷偷地通过隐形眼镜的显示告诉黎江，可是后者不予理会。

“还有那次，因为你害怕‘闪光现象’，往地上扔了一个反应炉。是不是你觉得把 200 吨当量的 TNT 随处乱扔可以吹一辈子？”黎江作死一般地贫嘴道。

安娜生气地跺了一下脚，月球微弱的引力甚至让她的双脚跳离了地面，“紫罗兰！过来！”她随后转身对着厨房门大喊。

“老大，你会后悔把紫罗兰的最高指挥权限给她的。”埃里森顾不了那么多了，直接对着挂在墙上的黎江大喊道。

有那么一刹那戏剧性的沉默，接着厨房门随着一声巨响被撞开了，战甲紫罗兰轻飘飘地滑过地面，优雅地套在了安娜身上，随即，安娜富有杀气的声音响了起来。

“黎江，你是在逼我玩真的。”

“要论真的，实话说，你还玩不过我。”黎江说着解除了两手反应炉的磁力，轻盈地落到地板上。

“这话怎么说？”安娜带有一丝傲慢地问道。

黎江一言不发，向安娜伸出了双手，露出了掌心的反应炉。所有在场的战甲当即做出反应，全部将手上的反应炉对准了紫罗兰：“那套战甲里面的人听着，你已经被我们包围了。如你所见，我们的数量比你多得多，所以请你举起双手，放下武器，立刻投降，抵抗是可笑的、愚蠢的，而且是不切实际的。”

安娜叉着腰停了一会儿，接着将紫罗兰褪下，脸上满是气愤和不服。

“看到没？”黎江笑着朝她走过去，带着一种胜利者的骄傲，挑衅地说，“在我的地盘上还没有人可以挑战我的权威。”

出乎意料的是，安娜的眼睛中竟然出现了泪光。

“不不不，别这样，把人弄哭不是我的行事作风。”黎江顿感大事不妙，连忙向她鞠躬道歉。

其他的战甲看到安娜眼泪后面的眸子中狡黠的光芒一闪，也顿感大事不妙。

“叫你以后——敢欺负我！”安娜说着站稳脚跟，重重地往正在鞠九十度大躬的黎江脑门上来了一巴掌，在月球重力下，他飞出去半米，脸最先与地面亲密接触。黎江还没站起来，安娜就边笑得肚子疼边跑过来锤他：“叫你以后敢曝光我的黑历史！”

“就我们两个人啊！”黎江挣扎地叫喊道，“这又不丢脸！”

安娜最后使出全身的力气，死死地掐住了黎江没有金属表皮覆盖的上臂，疼得后者惨叫连连。

“叫你以后——还敢嘴欠！”

安娜从黎江趴倒的地方站起来，只见在场的所有战甲就像复活节岛的石像一样呆呆地望着他们两个。

“逮捕她。”黎江弱弱地喊了一句，系统却听得很清楚。所有除紫罗兰以外的其他战甲马上做出反应，立刻气势汹汹地向安娜逼近。后者连忙向后退。

黎江刚好要站起来，也刚好看见安娜在后退的时候踩到了早已经松绑的鞋带。

“哦噢。”这是第无数次黎江对自己的未来充满怀疑的时候了。

一切在地球上看起来无害的动作，在月球上都具有了杀伤力。安娜向后倒去，正好撞到了黎江的胸膛，两人一起向后栽倒，同时黎江为了保护安娜，伸出手臂把安娜抱住。好在在如此微弱的重力作用下，两人摔得不重，但是却很难减下速来。两个人就像弹力球一样在地上弹跳了两回，最后在墙根底下刹住了车。

安娜此时趴在黎江身上，被黎江搂着，满头金发也变得乱糟糟的。两秒之后，她脸上出现了转瞬而过的吃惊。

两人对视了 5 秒，仿佛在跨越什么思想上的障碍。

“黎……黎江，放开我。”

“我也想说同样的话。麻烦这位美丽的女士挪个位置。”黎江一边说一边好奇地观察着安娜脸上的红晕。

安娜狠狠地瞪了他一眼，推开他，一个翻身利落地站了起来。黎江倒是没有用劲，手上的反应炉向后一推，轻盈地将自己弄成直立状态。

“你怎么解释这种现象？”蓝山在系统里悄悄地问埃里森。

埃里森没有回答，只是提供了系统的一个检索结果：打情骂俏。

矮种马评论道：“有道理。”

“我觉得是时候为我们的未来担忧了。假如这女的以后成为咱们的大嫂，这生活中的不确定性就多多了。”仙人掌说。

一阵无线电静默。

“怎么不说了啊？”紫罗兰上线了，“我都听着呢。”

“太扫兴了吧，紫罗兰。”埃里森埋怨道，“我们明明正在讨论……”

“你们都站着干吗？”黎江对着仓库里的一套套战甲大喊，“看戏呢？回去，回去，你也是，紫罗兰。”

在众多战甲争相起飞的时候，紫罗兰仍然傲然立着。

“您没有这个权限命令我，黎江先生。”紫罗兰说。

“你也是，紫罗兰。”安娜配合地重复道，“还有，以后黎江还是可以命令你的，听清楚了吗？”

紫罗兰停顿了一下，随后走向了厨房。

黎江转向安娜，后者不好意思地看着他，面颊上的绯红一直没有褪去。

“你的脸烫得怕人，”黎江在安娜惊讶的注视下，轻轻把右手伸进安娜长发和脸颊之间的空隙，被反应炉加热到人体体温的金属抚过她的脸，“最近是不是哪里不舒服？”

“把手拿开！”安娜突然回过神来，用力推开了他的手。

“为什么要发这么大火呢？”黎江不解地问。

“还不是因为你！”她对他愤怒地喊道，“哪有女生的脸可以随便碰的？哪有一个大男人动真刀真枪欺负女人的？”

“我很抱歉。”黎江鞠了一躬，道。

“看在你道歉的份上，我原谅你。”安娜说道，“不过，你得请我吃顿好吃的。”

“川藤星”号飞船与其庞大的舰队航行在虫洞中，时间、空间，既融合在一起又互相独立……那种感觉无法用语言描述。这里不能用“不知过了多久”来表示，因为这是在虫洞中，时间单位不起作用。

月球轨道上，“川藤星”号飞船突然出现在了月球轨道上，它像一位即将面对一场恶战的拥有饱满士气的大将军。它的士兵也在它身后陆陆续续地出现了，个个都是体魄健壮，武装到了牙齿。

黎江的基地里猛地响起急促刺耳的警报，蓝光平面也接连出现，黎江和安娜还没反应过来，计算机就开始高声播报：“不明飞行物入轨，确定为‘海王星’的‘脉冲星’级战舰，带有一支舰艇数量为 204 艘的舰队。舰队中，162 艘为‘褐矮星’级战舰，22 艘为‘红巨星’级战舰，其余 20 艘为‘脉冲星’级战舰，舰队现正处于睡梦湖处，以每秒 500 千米的速度往西前进，距离月球地表 10 万千米。”

“快，安娜，穿上紫罗兰，”黎江套上埃里森，慌忙地指挥道，“打开仓库门，所有战甲全部出动！”

仓库里所有的门都打开了，战甲像蝗虫一样涌出了仓库大门，飞到了月球表面，就连刚刚散架的蓝山也被重新修好，从门里钻了出来，埃里森和紫罗兰最后飞出来。只见以仓库大门为圆心，密密麻麻全都是战甲，金属片的反光异常刺眼。

“这是怎么回事？”安娜问道。

“那个一直在追杀我的组织就要来了。”黎江说，“现在我们分配一下战斗队伍……”

“总指挥，我们找到他了。”林斐对赫尔纳斯说，“在月球北极圈附近的一个环形山内。”

“按原定计划，出动舰载机。”

“是。”

每艘战舰都放出大量的无人舰载机，它们的外形就像是一只巨大的回力镖。它们快速地往黎江基地的方向驶去，准备佯攻。

“舰载机的动作显得很机械化，一看就知道是无人驾驶。”黎江说。5分钟前黎江、安娜和铁匠、蓝山、捕蝇草等战甲用快子引擎转移到了15万米的高空俯视月球，掌握了所有舰载机的信息。

“你怎么知道这是计算机控制的？”安娜问。

“因为人工控制的话，飞行路线会有微小的偏差。”铁匠补充说。

“舰载机已经进入伏击圈了！好！”黎江读出了隐形眼镜上的信息，“那么……”

突然，奇怪的事情发生了。他们眼前的月球表面突然开始扭曲，环形山纷纷开始变成椭圆，接着颜色越来越深，向着一个点聚集。开始是黑点，后来就成了一个黑球，还透着隐隐的绿光。黎江和安娜都注意到，这个黑球上有明亮的星星。紧接着，黑球表面开始划过一些奇怪的褐色条纹，有的粗如柱子，有的细若棉线，持续了大约二十秒。待这些条纹绝迹，黑球消失，取而代之的是“土卫三”号的黄褐色船体。

“‘土卫三’号救援船已经就位。”

“来得正好！”赫尔纳斯说，“马上启动仪器！”

“土卫三”号表面的传感器启动了，长枪短炮对准了月球表面。

“这是艘救援船。”黎江说，“但是普通的救援船不会装这么多传感器。而且传感器对着月球表面……”

黎江想起了赫尔纳斯的一句话：“请便吧，反正照这样，我们多抓你几次，想要的数据就有了……”

“他们是来要冷核聚变资料的！”黎江恍然大悟，“全部战甲听令！计划有变，关停所有冷核聚变堆，启动应急聚变堆供电，任何情况下不要使用冷核聚变堆，除非有我的指令，明白？”

“明白。”

“从火星仓库里抽调出一枚辐射弹送到埃里森这里，干扰敌船。”

话音未落，一颗有浮水气球那么大的金属球体随着一道明亮的闪光出现在黎江手边——仅仅一颗就能完全中断“尼普顿”基地电力的辐射弹以超光速到达。

“温度调整为1亿摄氏度，两分钟后启动。”黎江说，“现在，氢气。”

金属球体“嗞嗞”地喷出氢气，慢慢地推着黎江向“土卫三”号飞去。黎江及时抓住安娜，安娜抓住铁匠……5套战甲一套连一套，站在了“土卫三”号救援船的外皮上。

“好了，搞点破坏吧！”黎江说，“希望这招能行。”

“‘土卫三’号报告：没有检测到任何冷核聚变活动，也未观察到黎江的行踪。”

“狡猾的黎江，他一定猜到了。”赫尔纳斯点开一个接口，打开无线电通讯波段，“各单位注意，黎江已经知道我们来了，他对此次任务的了解程度暂时不清楚，须立即将资料取得！见一套战甲毁一套！同时，黎江肯定会攻击‘土卫三’号，特派两个舰载机中队进行保护，并告知‘土卫三’号多注意周边环境，时刻提防黎江偷袭。立即执行！”

黎江、安娜与其余几套战甲利用鞋底的磁力行走在“土卫三”号的金属外壳上，寻找着能让这艘飞船报废的方法。但是这艘飞船的金属外皮看起来并没有什么瑕疵，仿佛是一枚无缝的蛋。要是直接炸破外壳，说不定还会被这艘船检测到，拿走数据和资料。安娜和黎江没有办法，只能继续寻找，期待有一个“幸运的转机”……

这种转机很快就到来了。

“啊哈……”突然，黎江无比兴奋地指着一个小圆盖子说，“安娜你看，这里是一个排气孔，里面的燃料甚至可以直接检测到。如果把一支火箭射进去的话……”黎江从自己的匣子里拿出一支小火箭装在自己的左手上，右手掀开盖子……

“老大，小心！”埃里森提醒道。黎江抬头一看，只见一架无人舰载机从飞船的另一头钻了出来，机腹上的摄像机对准了吸附在飞船外皮上的六套战甲。

“那是一架战斗机！”安娜快速地说，冷静的语气里有刚好能被人察觉到的担心。

“我们可能会完蛋……”铁匠用极低极低的声音说，像是怕被操纵战机的人听到。

“这还用你说……”黎江也低声说。

气氛尴尬地维持了一秒。

“跑！”黎江大喊。随即把那支火箭转而对准战机发射了出去，火箭直直地冲过去，打掉了机腹下那台摄像机，火箭随即爆炸，炸出了一个焦黑的窟窿。黎江拉着安娜就跑。但是磁力时断时续，零重力时腿会抬得很高，磁力又把脚吸回飞船外皮，所以跑起来很费劲。而那架舰载机，因为火箭爆炸，再加上摄像机被摧毁，行动不受控制，逐渐飘离了月球。

“那架舰载机肯定把我们的行踪暴露了，我们现在已经成为众矢之的了，需得尽快……”黎江话还没说完，又有一架舰载机从相同的地方拐了过来，机炮对准了“入侵者”，猛烈扫射。

“听我口令，同时打开脚上和手上的磁力！”黎江说道，磁力的吸引让黎江立刻趴在了“土卫三”号上，安娜也照做了。当蓝山试图趴下的时候，一串子弹从他的腰部横扫过去，把他击碎了。

“蓝山！”铁匠、仙人掌、埃里森、安娜和黎江同时叫道。可这并没有改变什么。蓝山因为受到了巨大冲击力，七零八落地被抛进了宇宙空间，只在太阳光的照射下反射出微弱的光，然后就不见踪影了。

“如果战甲被打碎了，我们就必死无疑了！”黎江说。

“所以怎么办？”安娜问。

恰好是这个时候，辐射弹启动了，灼目的蓝光和看不见的几乎覆盖所有频道的电磁脉冲撞击在这五套战甲上，使他们都暂时丧失了电磁信号和观察能力。几秒钟后，蓝光慢慢暗了下去，大家才都能看见了。黎江马上抬起手对准舰载机，“嘭”的一声(黎江的战甲内是听得到声音的)，舰载机的摄像机中弹了，再也不能使用。仙人掌和铁匠马上解除磁力飞了过去，几道光亮之后，舰载机的发动机损毁，它爆炸了。

“现在，趁着这艘破铜烂铁上的‘眼睛’瞎了，赶紧报废了它！”黎江通过辐射弹预留的、未被干扰的频道联系着其他战甲。

没有被监测的危险，5套战甲直接飞起来冲向那个排气孔。

“来，给你。”安娜从匣子里取出火箭，扔给铁匠，后者迅速地抓住，往手上一扣，同时黎江掀开盖子，火箭就直接钻进去了。火箭发动机照出的光亮在漆黑的管壁上形成一个环，越来越深，深到让人感觉要爆炸了的时候，“啪”的一声，黎江盖上了盖子。

“走啊，发什么愣！”黎江冲着安娜说道。

两分钟前，“川藤星”号飞船上的指挥室里，林斐和赫尔纳斯正在讨论。

“黎江已经知道了我们的目的。黎江很清楚，他想进行任何种类的军事行动，必须要有战略性干扰，否则就会被我们取得资料。”赫尔纳斯推理道，“而干扰的方式……”

“辐射弹？”林斐猜测道。

“我也是这样想。”赫尔纳斯继续说，“辐射弹依靠电磁脉冲进行干扰，而且启动极快，它的冷核聚变反应一般检测不到，因为电磁脉冲非常强烈，会直接使仪器停止工作，数据也会丢失。”

“所以我们必须加大力度捉拿黎江。”林斐说道。

“不，”赫尔纳斯说，“我们得先要求‘土卫三’号关闭一切通向外部的通道，包括排气口、气闸舱、科研机械吊臂和受油管等。其次，要让‘土卫三’号周围装备防空系统。如果黎江现在就开始行动，第二个条件是不可能的了，因为时间不够……赶紧下令！”

“是！”林斐应道。

黎江飞了好一会儿，埃里森还是没有检查到爆炸。他一回头，只见“土卫三”还是“土卫三”，好好地待在那里，没有半点损伤。

“怎么回事？”

“‘土卫三’号关闭了所有的外部通道，排气管被封闭了。”

黎江骂了一句脏话。

“只有想办法炸掉那艘船，才能……哦，不！”黎江呻吟道。只见那枚辐射弹在空中闪了几下，熄灭了。

“埃里森，计算‘土卫三’号重新把那些仪器充上电需要多长时间。”

“‘卫星’级的太空科研船启动比较慢，需要2分钟。有了动力之后，探测核聚变的设备预热需要10分钟。我们有12分钟的时间。”

“足够了。叫所有战甲在‘土卫三’号上集合。”

“你要干吗？”安娜惊讶地说。

“只能拼死一搏了。如果这招不行，我们就只能去外星系了。”黎江的声音带着伤感。

一阵如同相机闪光灯一般短而急促的闪光，一套套战甲利用快子引擎出现在黎江身旁。金属表皮反射着阳光，十分耀眼。

“战甲听令！”黎江十分威严地喊道。

“是！”

“集中所有火力，攻击‘土卫三’号。要把它整体洞穿！”

“是！”

“等离子炮！”黎江下令，随后举起了手。

所有的战甲统统瞄准了黎江指向的那个点。就连安娜也举起手，往面罩上所显示的目标点瞄去。

“开火！”黎江下令。

整个面罩瞬间变成了白色的，黎江迅速地把自己和安娜的面罩调黑，以防止视力受到影响。根据战甲提供的资料，他们发出的激光束已经顺利击中目标，以不可阻挡之势往“土卫三”深处突进。

突然，黎江的面罩显示出，他所在的位置附近，有三艘太空战舰正在驶来。黎江立刻停止了自己的射击，利用雷达观察。以三艘战舰的体型来看，一艘是“脉冲星”级战舰，剩下两艘是“红巨星”级的，它们组成经典的攻击阵型，正在快速逼近“土卫三”号。

“脉冲星”级战舰的火力可不是徒有虚名，它的激光武器可以使黎江的所有战甲瞬间灰飞烟灭；它的磁场一旦产生，就会使黎江和他的战甲紧紧地吸附在战舰的表面，毫无还手之力；核聚变火箭一旦打入正在攻击“土卫三”的战甲阵，黎江就会全军覆没……几乎是有一万种方法能把黎江置于死地。而较小一点的“红巨星”级战舰则与“脉冲星”级战舰形成了大而密的火力网，强强联手，无懈可击。面对这些庞然大物，以他目前的能力，可以说是毫无办法，奋力抵抗的话，说不定会搭上自己和安娜的性命。尤其是安娜……她还没回家呢，就这样死在冰冷的太空中，他做不到。

“老大，我们打通了！”埃里森报告。

“进去！”黎江急忙下令，随即掉头往“土卫三”号飞去。远处的三艘战舰看起来还只是鹌鹑蛋大小，还有时间。

“土卫三”号的船身被数千套战甲用等离子体烧出一个大洞，走廊尽头的一个舱室的空气已经泄漏得差不多了，战甲们鱼贯而入。与此同时，仙人掌喷出等离子体，凝固在他们烧出来的缺口上。随着一声蜂鸣声，整个走廊开始充压，一会儿就恢复了正常气压。

“铁匠，你带几个人把驾驶舱拿下，第二驾驶舱交给矮种马，蓝山……”

“老大，蓝山已经失联了。”埃里森提醒道。

黎江心痛地停顿了一秒。

“木卡姆！”他继续说，“你去电机房，切断所有除驾驶系统和维生系统之外用电量高的系统。剩下的，由埃里森带着，去打掉这里的安保人员。走！”

埃里森立刻张开，把黎江放出来，随即飞走了。每套战甲都往走廊的两头快速地移动，掀得黎江四处翻飞。在黎江终于抓住栏杆停下来后，发现安娜像是在天花板上。

黎江飘过去，把安娜抱在怀里，安娜也抱着黎江。

“我们会活下来吗？”安娜问。

“会的。”黎江低声说，“有我在，会的。”

“我们面对的是什么？”

“‘海王星’最先进的战舰。”

“我们有什么资格活下去？”

“我是没有资格。而你，你有家人，有朋友，有故乡，你有世间一切值得留恋的。我呢？我是孤儿，从小就被带到‘海王星’，受人欺负，有家不能回。要我说，我早就应该被这个世界抹去了。但是你，必须得活下去。”

“为什么你没有资格？”安娜猛然抬起头，直视黎江的眼睛，生气地反驳道，她的脸因为愤怒而变得粉红，“你给这个世界带来了冷核聚变，带来了你的战甲，带来了快子引擎。你用这些东西去做善事，守卫你回不去的家园，还温柔地帮助一个和你一样想回家的人……”她说着，眼睛里已经止不住地产生了泪花，“虽然这也不是什么好事，因为我已经不想回去了。”

她把黎江抱得更紧了。黎江也感动得哽咽了。

“好啊，我们一起活下去。”

他怀里的她动弹了一下，她的脸颊紧挨着他的脖子，少女的体香和失重状态下飘散的长发，让黎江想起了一些值得感慨的往事。

“她”真的和安娜很像。

她抱着他，指尖全是一个男性带来的坚实的安全感，仿佛在她周围形成了一个安全的护盾，她的眼前也浮现出前一个这样抱着她的男人。

“他”和黎江……好像啊……

突然，安娜的额前，出现了一个火辣辣的区域，惊得她的大脑停了机——黎江吻了她的头……她的手虽然仍然搂着黎江，但是已经抖动得非常剧烈了。

“谢谢你。”黎江轻轻地说着，把她的长发梳到脑后。

“我也要谢谢你。”安娜用颤抖的声音说。

她带着复杂的心情抬起头，望向黎江那黑色的、深沉的眼眸，不由自主地闭上了自己的眼睛。

“他们进入了‘土卫三’号内部。”

“这是想要劫持啊。”赫尔纳斯说，“船上还有多少人？”

“一共227人。”林斐打开一面蓝光平面，“如果加上维修人员的话。”

“立刻下令，对那艘船开炮。用第27型的激光武器。”赫尔纳斯说着调出武器发射界面。

“你疯了吗？”林斐大喊道，引得在场的很多人瞩目，“那可是200多条人命啊！”

“我是这次行动的最高指挥。”赫尔纳斯也随之提高了音量，“我有在场所有人的生杀大权！我不能让那艘船成为黎江要挟我们的把柄。”

这时，蓝光平面上出现了黎江在“土卫三”号上发过来的实时画面。

“说实话，我不知道在屏幕那头的人是谁，我特地把这条消息发送给你们……”

没等黎江说完，赫尔纳斯就在武器界面上开始为激光武器充能，林斐在一旁无助地看着。只见能量进度条越来越长……

“我希望我能以这艘载有价值五十亿的科学仪器的船作为筹码。可能你们对……”

赫尔纳斯说着，并且已经解开瞄准系统的保控制装置了，随即，目标锁定。

“此外，我们清点了一下，这艘船上还有200多人，其中包括……”赫尔纳斯又说道。

充能完毕。界面上出现了一个红色的发射按钮。林斐迅速环顾指挥室，只见所有人的注意力都集中在这个按钮上。

“哦，这位我认得，这不是林斐的妻子吗？”赫尔纳斯说道。

镜头上出现了一位短发的亚裔女人，她既没有被捆着，也没有被粘在墙上，只是惊慌地盯着黎江。

一刹那间，林斐好像瞥见赫尔纳斯用眼角的余光看了一眼自己的妻子，并就把手移向了发射按钮——

“不！”林斐猛地一跳，在失重状态下他的力量大了很多，一下把赫尔纳斯的手撞开了。这一撞，吸引了整个战舰指挥室的目光。

“你想死吗？”赫尔纳斯愤怒地叫道。但是林斐已经掏出了一只手枪，指向赫尔纳斯。许多人倒吸口冷气。指挥室的保安纷纷飘过来，拿着枪指着林斐。

“我知道我命不久矣，只不过我想为我妻子多拖一点时间。”林斐说着，打开蓝光平面开始解除激光武器的发射进程。

“开什么玩笑！”赫尔纳斯说着，急忙拍下那颗红按钮，可是上面显示“单位进程异常，无法发射”。

“坏了。”赫尔纳斯想道，“黎江肯定检测到激光武器在充能了。必须抓紧把他干掉。”

“解除了。”林斐说着，就在他的视线从蓝光平面上离开的一刹那，他的右手被一名保安一枪命中，握着的手枪被冲击力打到了墙上，正好弹进了赫尔纳斯的手里。两个保安迅速包抄过来，一人一只，抓住了林斐的胳膊。林斐低头看了一眼自己流着血的手背，然后就被带出了指挥室。

“赶快，向目标发射一枚核聚变火箭！立刻！”赫尔纳斯命令道。

“他们这是什么意思？”黎江放下手持摄像机，机身在空中飘到了一边。“他们给激光武器充能了。”

“不不不，他们又把充能程序解除了。”安娜指着屏幕上的战舰说。

“我总感觉有点不妙。”黎江说，“或许我们应该离开这艘船。”

没等安娜说什么，矮种马立刻报告：“老大，有导弹！”

果然，那艘“脉冲星”级战舰上有一簇烟柱正在腾起，里面很明显裹着一颗核聚变导弹。

“快走！”黎江一声令下，在场的所有战甲迅速朝着他们进来的走廊飞去。黎江正要走，突然看到了惊慌得不知所措的林斐的妻子。

“要不然你跟我们走吧。”黎江建议道，“你的身高跟我差不多，应该可以用我的战甲。”

“老大！快走！导弹就快来了！”埃里森提醒道。

“这就来。”黎江指挥木卡姆套在了林斐的妻子身上。

导弹如同一只穿云箭，直直地扎进了这艘太空科研船的电机房里，猝不及防。随后，冷核聚变反应启动，电机房瞬间被融化了，热量又冲击着其他的房间，墙壁好像塑料一样，一烧就变成了气体，还有金属液滴四处乱溅。飞溅到战甲上的金属液把部分活动零件凝固了，使得战甲失去了行动能力，还有一些战甲直接被烧化了，又产生了更多的液滴。黎江望见了走廊那边的惨状，立刻喷出一层等离子体凝固起来，把整个走廊分成了两段，又在墙上另开了一个洞，其余的战甲从这个洞里飞了出去。在战甲丛中，黎江看见了精灵、铁匠、木卡姆，就是没有看见紫罗兰。黎江当即预感事情不妙。

“黎江，你先等等我！”无线电里传出安娜惊慌的喊声。黎江转身，心脏足足停跳了两秒，担心的事情已经成为现实——透过那一层凝固的等离子体，他看到淡红色的紫罗兰战甲正在用力地挣扎，企图把那一大块使她整个左手和身体粘连在一块的凝固的金属弄掉，可惜没有成功。

“安娜！”黎江冲着等离子体隔墙后面喊道，“快过来！”

“我动不了了，我的腿……”黎江猛地看到安娜的膝盖处也有一大块银灰色的凝固的金属。突然，安娜身后的一面墙被炸开了，爆炸的冲击力把安娜和一大堆在空中聚成的一滴滴的液态金属一股脑地对着等离子体隔墙抛来。安娜重重地撞在了隔墙上，一大堆的液态金属下雨一般冲向安娜后背，凝固成了一个金属模子。隔着面罩，黎江甚至隐约可以看见安娜因疼痛而扭曲的面孔。

黎江当机立断，马上用掌心的反应炉，沿着安娜贴在等离子体隔墙上的轮廓开始切割，迅速地烧出了一个安娜形状的大洞，接着黎江试图把安娜从里面拉出来，但是并未成功。安娜后背的液态金属全部凝固了，她完全动不了。而那一团剧烈、躁动的光芒，正逐渐吞噬一切……

“紫罗兰，听我号令！”黎江情急之下，通过安娜之前给他放的权，直接控制了“紫罗兰”号。“开启背部加热器，最大功率！安娜，你忍一下，可能会有点烫！我得把那些金属化掉。”

“等等！我自己来！”安娜吼道，忍受着缺氧和蒸笼一般的灼热，“紫罗兰，开启背部推进器，最大功率！”

“哎？你的推进调流板被封住了啊！”黎江注意到推进器的等离子体把调流板熔化了，随即又开始刺破凝固的金属。

“都到这个时候了谁还管那些零件——啊！烫烫烫！嘶——”

“制冷系统已经开到最大了！”黎江试图让安娜再坚持一会，“别慌，你马上就会出来的！”

无线电里持续不断地传来安娜压抑的呻吟，黎江也像被刀子扎中一样心疼。

“老大！不能再等了！”铁匠在无线电里喊道，“如果再久一点整艘船都要玩完了！”

“你以为我愿意等？”黎江情急之下抓住了紫罗兰的手，把肩膀以下的右臂从“模具”里拔了出来。随即埃里森调转方向，脚踩着等离子体隔墙，手拉着紫罗兰的手臂，准备用蛮力把安娜拉出来……

“埃里森！”黎江大喊，“推进器最大功率输出！”

一套战甲身上所有的推进器以最大功率推进，能达到第三宇宙速度。在这种拉力和加热器的共同作用下，就像 DIY 饼干脱模一样，紫罗兰终于被黎江缓慢地从金属模子里拽了出来。只是紫罗兰身体上仍有两处液态金属未被清除，所以姿势显得很怪异。

“快走，先出去再说。”说完，黎江搂着虚脱的安娜，一起飞进了船外的太空中。身后，飞船的船身已经透出了核阳光，高温开始迅速吞噬周围的物体，金属变得红炽，飞船的一些部分开始解体。要是他们再晚一步，就会葬身在核弹的辐射和高温里。

“我们的损失有多惨重？”安娜的声音很虚弱，好像是热晕了再醒过来一样。

“不知道，以后可以再清点。所有战甲设定快子引擎蓄能，目标‘丝绸 γ’星。启动！”黎江命令道。

所有幸存的战甲飞向了宇宙深处。

“报告，任务成功。”赫尔纳斯向着“海王星”会议室里的各个与会人员报告说。

“这么说，你取得资料了？”有人问道。

“资料全部取得完毕。今日即可开始试验。”

会议室里响起一片掌声。

“我其实对‘川藤星’号上做了一些改进，多安装了一套检测设备。现在来看，它派上用场了。”赫尔纳斯谦虚地说。

“这是一个非常明智的决定！”一个老人的声音说，“以你们那时的战况激烈程度来看，这个主意非常不错！”

“召集你的舰队，立刻班师回朝！”赫里南下令。

“是！”

在一片寂静的黑暗中，丝绸星——这颗美妙的蓝色恒星，挽着一道道日珥，散着一道道光环，静静地矗立在这宇宙空间里。

它的一颗行星——“丝绸 γ”星缓慢地自转着，覆满植被的表面使整个星球富有生机。然而，这一天，来了不速之客。

“我的天，这声音真吵，我都耳鸣了。”安娜抱怨道。

“我们能逃出太阳系，就很不错了。”铁匠公平地说。

约莫两千套战甲出现在“丝绸 γ”的轨道上。黎江原本拥有的五千套战甲在整场战役中损失惨重。

“依照我的检测结果，我们的战甲被击毁的数量倒是不多，主要是在超光速转移的时候偏离路线迷失在宇宙空间里了。”捕蝇草说。

“是我的错。我本来打算设置成战甲计算机自主设定转移路线的，可是走的时候太急了，没弄好。”黎江说，“计算机超载太大了，失之毫厘，差之千里。”

“咱们先不说那么多了，先降落吧！”安娜建议道。

第七章

林斐

当安娜降落在这颗行星的陆地上的时候，她瞬间获得了一种久违的踏实感。“丝绸 γ”星的重力与地球差不太多，土壤很松软，苔藓似的植物密密麻麻地布满了肉眼能看到的地表。远方有两座圆锥形、看起来特别像火山的山峰并排靠在一起。这两座山峰作为这片平原唯一一处突起，显得特别突兀。离开地球已经三个月了，安娜觉得这颗星球，仿佛是以假乱真的地球。

黎江的基地就在前方不远处，给人的第一印象是一套放大版的战甲。基地表面覆盖着与黎江战甲同样的钢青色材料，反射着“丝绸”星蓝色的阳光。一个类似观景台的建筑孤零零地立在基地上方。

“这么大吗？”安娜惊叹道，“看着像工厂。”

黎江没有说话，飞到基地的一扇大门前。

“认证成功。”大门上的蓝光平面刚刚映出字来，黎江就推门进去了，仿佛不耐烦一般。她敏感地察觉到了黎江内心深处的一小块地方发生了微妙的变化，不安地盯着黎江的背影。随后，她迈着依然僵硬的脚步，也跟进去了。

这简直就是月球基地的一比一还原。巨大的战甲仓库仿佛把安娜带回了三个小时前。厨房的门看着是崭新的，卧室里也少了那些小型的堆成山的托卡马克装置，看起来空旷了很多，房间墙上少了那些发亮的星星和那个装地球仪的蓝色柜子。安娜对月球基地早已轻车熟路，因此她对这个“丝绸 γ”星基地也是特别地有“感觉”。但是，在内心的深处，她好像已经触及到了黎江的内心：离地球最近的基地落入敌手，黎江再也不能看着地球的海洋了。这里相似的一切只会让他的内心变得更乱。

安娜担心地回身，只听仓库里传来一声“基地封闭成功”，接着某种大型仪器“咝咝”地启动了，空气迅速地充满了整个基地空间。“空气各项指标正常。”

黎江伸手把头盔取下，“扑腾”一下坐到了地板上，眼神呆滞。他仿佛变成了一个不知道为什么被妈妈臭骂了一顿的小男孩，既委屈又自责。安娜非常担心他，卸下紫罗兰走了过去，没走几步，腿一软，摔倒在地，使不上半点力气了。黎江似乎被声响惊醒，连忙跑过来，将安娜扶起说：“你在月球上待的时间久了，一旦恢复正常重力，会腿软走不动路的。”

安娜听得出来，黎江的话语中有鼻音。

“你还是早早上床休息吧。”黎江把安娜一把横抱起来，踢开卧室的门，稳稳地把她放在了床上，又替安娜盖好了被子，就出去了。

3 个小时的刺激经历，先是在“土卫三”上狂奔，又被封在模子里动弹不得……安娜是真的再也没有力气折腾了。

但当她回想起黎江那双热切的眼睛，着迷于里面确确实实倒映着整个宇宙，以及可以闯荡整个宇宙的雄心壮志。

“还有我啊。”

她笑着想。

木卡姆的头盔轻轻地打开了，林斐妻子的面孔露了出来。

“如果我没记错，你应该是叫百里蔓妙。”黎江说。

“是的。”百里蔓妙说，“黎江君，请问这是哪？”

“你知道我的名字？”

“在‘海王星’里连清洁机器人上面都有你的通缉令，黎江君。”百里蔓妙说，“更何况你从‘海王星’的手底下逃脱了 6 次，几乎所有人都能背下来你的基本特征了。身高 176.82 厘米，重 63.19 千克，配有两个直径 3.5 厘米圆环状冷核聚变反应堆的金属假肢一对……”

“行了行了，别人比自己了解自己还多的感觉真别扭。”黎江制止了百里蔓妙的滔滔不绝，进而转移话题，“我很想了解你丈夫的工作情况。”

“你觉得我有可能告诉你吗？”百里蔓妙高傲地说。

“武士道精神？”黎江怀疑地说，“这难道是‘海王星’最新的政治建军的手段？”

见百里蔓妙一幅铁棍都撬不开她的嘴的样子，黎江放弃了从她身上获取“海王星”情报的想法，转身打开一个蓝光平面检索起来。

“你怎么能入侵‘海王星’的系统？”百里蔓妙看见了他

的操作，震惊地问道。

“把一个子系统安插进‘海王星’主系统的一个不为人知的小角落，很简单。”黎江懒洋洋地说，“当然，那是一个重要路口，所以我能截获所有信息。”

黎江的动作慢了下来。原因是屏幕上正在实时显现的文字。这些字显然正在被人录入到这个系统中，以标题来看，还是件大事：

“海王星”情报局局长林斐因违反《战时指挥官权限设定条例》即将被处以死刑

（“海王星”土星新闻分站专电）今天第9海王时时分，在夺取黎江冷核聚变资料的战斗中，“海王星”情报总局局长林斐无故违反官方授权的战时最高指挥官赫尔纳斯·罗杰斯的命令，取消了原本的激光武器进程，严重违反了《战时指挥官权限设定条例》有关官方授权的最高指挥官权限的相关规定。“海王星”最高法庭决定对林斐处以死刑。

在赫尔纳斯·罗杰斯的带领下，战斗进行得有序而顺利。黎江在劫持了一艘救援船后妄图以此相威胁，企图顺利逃走。赫尔纳斯当即下令对那艘救援船进行攻击，可是随后林斐对赫尔纳斯施以了肢体攻击，并且违规解除了激光武器蓄能进程。林斐当即被安保人员拿下。这件事马上被报告至“尼普顿”基地，随后林斐在战舰上进行了封闭式的、来自最高法庭的远程庭审，结果是林斐被宣判死刑。死刑的执行时间设在第11海王时整，林斐在此之前已经被押送回了“尼普顿”基地。届时“海王星”

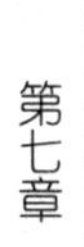

上将赫里南将会宣布新一任的情报局局长人选。关于林斐的……

“哦，不！”黎江没有看完就已经无奈地捂住了半边脸，随即，他的脑子里飞快地闪过一个念头。

“我要去救他。”黎江抬起头，平静而决绝地说。

“救谁？”百里蔓妙很疑惑。

黎江没有时间回答她了。他套上埃里森，向百里蔓妙一指，木卡姆的头盔和面罩迅速将百里蔓妙密封起来；铁匠扳开了墙上的一个开关，所有战甲迅速固定在地面，空气迅速被抽光，然后门打开了，“丝绸 γ”星的空气轰隆隆地充了进来，形成了一股股强劲的气流。还没等气体完全灌满，埃里森就带着黎江飞了出去。

“埃里森，设定好航线，目标‘尼普顿’。以前是他们找我，今天我要去会会他们……对了，列出我需要的物品清单。”

“一个将死之人，你还有什么话要说？”林斐浮在黎江曾经待过的那间审讯室里，依旧面对着单向玻璃，单向玻璃的后面依旧是赫尔纳斯。其中一块地面上还留着黎江逃走时一圈楔子状的凝固态的等离子体刺穿地板的痕迹。

“你知道为什么我要选这间审讯室吗？”赫尔纳斯问。

“谁知道你的脑子里装着什么？”林斐不屑地说道。

“因为我觉得你很像黎江。”赫尔纳斯给出了他自己的答案，“你在战斗中阻挡我，这跟黎江的风格很像。”

“因为我的妻子在上面！”林斐激动地说，“假如柳金琳也在那艘救援船上，你还会这样做吗？”

“我会的。”赫尔纳斯冷静地回答。

“战争机器……”林斐语气中透着鄙夷，“你杀了两百多个人，那是活生生的两百多条命啊！最后仍让黎江逃走了，你说这样值吗？”

“值。非常值。两百多条人命换取一个核聚变冷反应堆的技术，物超所值。”赫尔纳斯漫不经心地笑道，声音就像是从南极刮来的风，冷得刺骨。

“我还能说什么？你的价值观是扭曲的，你根本就不把我们当作人看待，我们在你眼里就是机器！‘海王星’大量的资源损失就是源自你们自以为是的傲慢。你以为最高政府就是绝对正确的吗？”

“难道不是吗？”

“最高政府的决定只不过是一项示意而已！”林斐激动地大声说，“真正受害的是我们这些执行决定的人！最高政府是要消耗我们的力量，使它自己不受威胁！”

“你觉得你说完这些话，你还能活着吗？”赫尔纳斯似乎很高兴林斐说出了实话。“你的生命还有10分钟，好好回忆一下你的经历吧。你在5分钟后会被带去死刑间，我们选用了激光，你会在百分之一秒的时间内变成气体，完全无痛。我就先不打扰你了，让你独自享受这最后5分钟吧。”

黎江啊，你要干什么？

是要去复仇，

还是要帮某人挣脱枷锁？

林斐已放狂言，道出了我的秘密，

如果你仍和他一样，执迷不悟，

你将没有退路，

因为那时，我将和“海王星”一起，

捉拿一个本应该是囚徒的囚徒。

“这是‘鳞甲号’的最终通牒？”黎江问。埃里森的面罩上出现了这一段文字，是用宇宙能源射线发射过来的。

“看起来是的。”埃里森说。

“不管了。‘鳞甲号’爱怎么干就随它吧。”黎江罕见地“大放厥词”，“单人休眠舱准备好了没有？”

“准备齐全。等您下令。哦，您应该注意一下，我的核燃料在战斗中消耗了大半，您要不要先……”

“埃里森，我们要赶时间。把人脑与人工智能的信息共享程度调至最大，出发！”

埃里森遁入超光速的光芒之中。

两位戴着口罩的警卫飘了过来，一人抓住林斐的一只胳膊，就像在一个小时前把他带离指挥室的两个保安一样，把他带离了审讯室。三人静静地飞过走廊，只有警卫背上的背包喷气装置在嘶嘶作响，推动他们前行。一路上，经过走廊的人们有些像怕染上病毒一样，离得远远的，有的则是停在原地，目光徘徊在警卫和林斐之间。三个人仿佛在聚光灯下一般，原本热闹喧天的活动中心，变得异常安静。悬浮监控摄像头也一直跟着林斐，灵活地上下左右地转动着，仿佛一只苍蝇在腐肉上盘旋。林斐倒是一直把背挺得直直的，眼睛正视前方。即使没有了一腔热血，他依然是忠于自己的正义之士。

死刑间的门很厚，所以显得里面很窄，它几乎是一排排层层叠叠的管子组成的房间。两个警卫一下把林斐推了进去。看起来，林斐好像很无力，身体松松垮垮，还差点把其中一个行刑者带翻了。

门重重地关上了。

“我们到了。”埃里森说。

在“海王星”蓝色的背景下，“尼普顿”基地熟悉的银灰色外壳远远地映现出来。脱离快子的终点离上次黎江逃出基地时的地点还有稍长一段距离，在确保不被“尼普顿”的探测器发现的情况下，黎江已经离它很近了。

“好，埃里森。”黎江说，“短距离快子冲刺，靠你了，老兄！”

“等着看好戏吧，老大。”埃里森的语气极其自信。

死刑间的音响里响起了一个男人的声音，冰冷但是有力：

“倒计时——

“10——”

“他们就这么干掉了一个尊重生命的人……”林斐自言自

语道。

“9——”

“还是情报局长……”

“8——7——”

“赫里南那家伙肯定又在宣布新人选了……也不知道那小子是谁。”

“6——”

“死了。我和我老婆一起死了。”

“5——”

“百里蔓妙。哼，她舞跳的不错……”

“4——”

“失重状态下跳旋转舞没什么难度……”

“3——”

“很快，我又能看到她跳舞了……”

“2——”

“为什么要杀了她……”

“1——”

“现在还想杀我？”林斐说，“没门！”

他迅速地掏出一支银灰色的柱状物——是激光笔。他向上一扬，一束红光扫过，一整排的管子整齐地被切开，执行死刑用的激光激射器瞬间没有了能量来源。

“好歹我也是看过图纸的人。”林斐讥讽道，“那两个家伙的警觉性也太差了。”

激光笔是林斐被推进死刑间的时候，从一个警卫的喷气背包的网格里顺来的。

与此同时，一阵蜂鸣声响起。不是在死刑间内，而是从外面的走廊传过来的。这种蜂鸣声一般不会响起，它是在基地外壳受损时发出的警报。

这说明，在林斐即将执行死刑的时候，基地的外壳被攻破了。

埃里森跃迁到了指定地点，脱离快子的时候，速度依然很快。黎江凭借这股巨大的动能径直撞向“尼普顿”。在这个过程中，一股等离子体从黎江的双手喷出，强磁场把它拉成了一个尖锥，使黎江能够轻而易举地刺破“尼普顿”的金属外壳。

眼看着“尼普顿”离自己越来越近，黎江跃跃欲试，希望能顺利刺穿那一层半米厚的外壳。

一声巨响，黎江一头扎进了“尼普顿”基地里，连续刺穿了三个房间的墙壁。黎江也被惯性甩到了墙上。在黎江扎穿三面墙的同时，室内气体大量外流，黎江被甩到墙上又被拔下来。一来一回，把黎江弄得昏头昏脑。就在黎江快要被气体带走的时候，埃里森开启了掌部磁力，牢牢地吸在了墙壁上。

待房间里的气体都跑完了，黎江才能够正常地站起来。他穿过的是两个电机房和一条走廊。走廊两头的防爆门已经关闭，以防止气体外泄。

“防爆门不好打啊。”黎江说道。

“据我的计算，以您的最强火力打击，打破这扇门只需5

秒。”埃里森说。

“但是剩余的核燃料提供的能量不足以支撑接下来的行动。”黎江替埃里森把话说完了。

“如果您没能打破这扇门的阻碍，您将束手待毙。”

“不一定要破门，埃里森。”黎江说着用等离子体在地板上烧出一个大洞，空气喷涌而出，直接把地板顶飞了。黎江飞了下去，只见又是一条走廊，两端的防火门又缓缓闭上了。

“又来！”黎江无奈地说。

林斐脚蹬着一面墙，身体努力向对面的墙壁顶。只可惜墙面太坚固，凭林斐一个人的力量是不够破坏墙的。墙上也留下了烧焦的痕迹，这是激光笔烧过的地方。墙太厚了，激光笔都不能奈它何。

那，找一些薄弱的地方？林斐抬起头，望向了那个行刑用的激光激射器。

两分钟之后，一个直径半米粗的激光激射器被完整地切割了下来。只不过它太大，而且没有能源支持，运作不了。怎么办呢？林斐脑袋里灵光一闪：这款激光激射器的原理是用电子撞击红宝石，光线通过镜面管壁的反复反射，从一个小洞中射出去，从而产生巨大的能量。现在切断了它的电能来源，光发不出来，所以也就没有高能光子。

同样是激光器，林斐看看自己手上的激光笔。一支有电源，一支没有。

“看来需要比较长的时间了。”林斐说。

“看来需要进到非真空区去啊。”黎江说。

黎江已经是第五次面对紧锁的防爆门了。对于这扇又厚又重的门，他是真的无能为力。

“老大，你可以尝试一下快速推进。”埃里森说。

“什么意思？”黎江不解地问。

“一次性破除多个房间，并在防爆门将要关上的时候钻进防爆门那头。”

“嗯。”黎江说，“事到如今只能试试了。”

黎江掌中的反应炉一热，墙上立即被轰出一个大洞，他立马钻进去。一直这样重复了几次，黎江终于来到了一间空气还在从防爆门后溢出的房间。

“气流太强烈了。”黎江几乎是在拼死往防爆门飞，但是好像进展不是太顺利。“不，不，不！”

防爆门马上就要关上了，同时也挡住了溢出的气流，使得黎江飞行的阻力大大降低。黎江“噌”的一下就窜到了防爆门前，用手卡住了防爆门的门缝。

“开启磁力，背部推进器功率提升至最大。”黎江说。

防爆门被黎江缓缓地抬起。在抬升到一定高度之后，黎江一个转身，脚站到了防爆门内侧，随后关闭了手上的磁力。

防爆门就这样把黎江关进了房间里。

黎江开始还很高兴，随后他的脸色就拉下来了。

“埃里森，这里的防爆门怎么还是关的？”

“当这里的舱室处于密封时，会自动加压，达到标准大气压后，防爆门会自动开启的。刚才您一折腾，舱室的空气全都漏光了，请稍等。”

“到底是什么东西进来了？”赫里南冲进监控室。

“是一个穿着铁甲的人。”一个监控员说，“看起来好像……”

“怎么搞的你！”赫里南瞅了一眼屏幕，拍了一下那人的头，“他的通缉令都发了这么久了还不知道那是黎江吗？”

赫里南打开蓝光平面，把麦克风的声音调到最大，在“尼普顿”里进行广播：

“全体人员注意。”赫里南大声说，“黎江已经闯入‘尼普顿’基地的正常大气压区。他为何而来还不清楚，谨此提醒，所有人必须加以武装，遇见他立刻下手干掉！此外，赫尔纳斯·罗杰斯请速到第九会议室报到！”

柳金琳拿上了一杆丈夫送给她的电击枪，无助地盯着卧室门。每次门外有“嘶嘶”的声音传来，都说明入侵者又打穿了一间舱室，气体外泄。在如此巨大的恐惧下，任何人都不可能保持冷静。

直到某一刻，“嘶嘶”声消失了，然后就再也没有出现过。柳金琳紧绷的心放松了，但是紧接着有一条广播又让她的心猛地收缩：

“全体人员注意，黎江已经进入‘尼普顿’基地的正常大气压区。”

黎江从真空区进入了正常大气压区，意味着不可能再从声音上获知他的存在了。这让柳金琳心里的恐惧更上一层楼，好像黎江就站在门后似的……

黎江进入正常大气压区之后，如鱼得水，一路势如破竹，干掉了几个碍事的保安。

“埃里森，进入‘海王星’高层内部系统，查查林斐在哪个死刑间。”

“查到了，在第五死刑间。而且据系统检测，第五死刑间有人为破坏死刑用激光器的动静。”

“好家伙。”黎江说，“你倒是挺争气！死刑间周围有多少警卫？”

“没有。由于死刑间只会在行刑时间启用，所以没有人看守。”

“但是仅凭林斐一人好像也不可能逃出死刑间吧。”

“死刑间的设计就是这样，即使因为设备问题未能正常执行死刑，它坚硬的外壳也会让罪犯在里面窒息而死。”

“我们能把它打破吗？”黎江想起了防爆门。

“我们能，而且比防爆门容易多了。”埃里森回答，“但我们剩余的氢燃料只能勉强支撑回到‘丝绸γ’星，能否进入‘丝绸γ’的轨道还是个问题。”

“没关系，到时候让仙人掌来接我。”

黎江直接撞破了一堵墙，往死刑间方向急速飞去。

“赫尔纳斯！”赫里南怒气冲冲地飞过来，“黎江现在打进来了，你说说怎么办吧。”

“实话说，我是负责去取得资料的，而不是去消灭他的。”赫尔纳斯说，“不过我倒是知道他为什么来这里。”

“为什么？”

“因为林斐。”赫尔纳斯说，“第五死刑间的激光器被人为破坏了，应该是林斐干的。另一个证据是，黎江正在向林斐的方向快速贴近。”

赫尔纳斯说完脸黑了下来，迅速地逼近赫里南，吓人地说：“你想让我把他除掉吗？”

赫里南显然有些慌乱，看上去被赫尔纳斯突然的行为吓到了：“是的，怎么了？”

“给我最高指挥权，我保证不会再让他活着逃出‘尼普顿’基地。”赫尔纳斯咬着牙说。

“砰”的一声，三个还没来得及朝黎江射击的警卫向后猛地撞到了墙上。黎江理也没理，径直飞过林斐曾经经过的走廊，路过已经空无一人的活动中心，一个急停，落在了死刑间门口。

“埃里森，来玩个游戏吧！”黎江激动地说。

“老大，怎么玩？”

“好久没有火力全开了。”黎江说，“我负责开火，你负责时间的控制。明白我的意思吗？”

“明白了。”埃里森说，“开火吧老大。”

“激光炮，等离子切割器最大功率输出！”黎江命令道。

黎江刚说完，掌心就开始变烫，随即双肩上的金属板翻了起来，露出一个筒状物。“轰隆”一声——肩上的激光炮开火了，灼目的激光顺着门缝慢慢把门切开，掌心的等离子体也朝门薄弱的位置开始攻击。

“氢气储备量低于 20%。”埃里森报告说。

“将脚底的冷核聚变能量全供给激光炮！合理分配全身能源！”黎江说。

林斐在死刑间里惊恐地盯着那扇越来越红的门，原本细细的门缝被烧宽了，一道道蓝色的火焰从门缝中钻进死刑间。房里的温度越来越高，林斐在很短的时间内出汗了。

突然，门被一脚踹开了。黎江没等林斐被门撞到就迅速地用左手拉住了门，右手往死刑间里一抄，像抓小鸡一样把林斐抓了出来。

“氢气储备量低于 3%。”埃里森说，“老大，如果氢气储备量少于 2%，就没有足够的能源到达‘丝绸 γ’星了。你会迷失在宇宙空间中。”

“1% 储备量的氢气能干什么？”黎江问。

“能供你飞出这个基地，前提是期间不能跟警卫战斗。”

“一下都不行？”黎江对这个答案抱有一丝侥幸。

“一下都不行。”埃里森答得很绝对。“说实话，我也会耗电的，如果待在这里，我会慢慢耗尽战甲的能量，所以留的时间越久你越危险。”

“好吧。林斐，我是黎江。”黎江说着，卸下自己的面罩。“我现在要带你出去。”

“你为什么要带我出去？”林斐实在是不解。

“因为你妻子在我手上。”黎江当然不会把真实的情况告诉他，不过仅凭这一点就能让林斐乖乖跟着自己走人。

果然，林斐的眼里流露出了柔情。黎江诧异地看到他的眼睛恢复了光芒。

“快跟我走……你拿的是什么？”黎江指着林斐扛着的激光激射器。

“这是执行死刑的激光器，被切断了能量供给。我刚刚把它改装好。”林斐说。

“利用激光笔作电源？”黎江的面罩上立刻出现了扫描激光激射器的结构后列出的技术参数。“我们可能需要用到它。现在得快走！”

黎江瞥了一眼空旷的走廊，只见墙壁上有一个玻璃匣子。

“果然，你需要它！”黎江飞过去，用拳头把匣子砸碎了，从里面拿出一个类似于他的战甲的头盔。

“氧气面罩？”林斐说。

“是的。”黎江说着，又拿出了两只手套。“我们要进入真空区域。”

“看这架势，他们应该要准备进入真空区域了。”赫尔纳斯盯着监控室的屏幕说。赫里南则在一旁看着赫尔纳斯。

“长官，您打算怎么办？”警卫队队长问。

“凭我们警卫的实力，自然是不能阻挡黎江的。”赫尔纳斯的眼睛仍然没有离开屏幕，“但是我们的军队是可以的。”

“军队？”警卫队队长不解地问。

“是的。”赫尔纳斯说，“虽然我们现在的军队没有做好打仗的准备，但是我们有应急反应机制。”

“军队也不可能拦截黎江的。”赫里南说，“最多能把‘尼普顿’基地打得千疮百孔，但是要消灭他，是绝对不可能的。”

“你什么时候也这么悲观了？”赫尔纳斯这时把头转向赫里南，后者注意到黎江和林斐已经离开了画面。“别忘了，林斐已经违反了‘鳞甲号’的《太阳系最高宪法》，如果黎江一个人走，那很容易；但是如果要带上林斐，即使我们拦不住他，‘鳞甲号’也会拦住他。”

巧的是，这时一个蓝光平面出现了。

“2052 年 11 月 25 日 21:38:16（海王时），第 8172 号传感器监测到宇宙能源射线信息，经系统检测，此射线频率符合第 73 号解密法。正在破译……”

进度条慢慢地到头了。“鳞甲号”短诗一样的消息呈现在他们面前。

赫里南说：“看来它自有想法。”

“是啊。”赫尔纳斯赞同道，“我们只需要执行就可以了。而且，这看上去是个不错的方案……”

“有警卫！”林斐喊道。

黎江快速地飞过去，也不顾迎面而来的枪林弹雨，用拳头活活将一个人打出去十几米。

“你的激光器呢？”黎江问。

“我已经发射了。”林斐说着把激光激射器往右一转，两个警卫就好像被无形的刀子从中间切开似的，变成两半，但他们没有流血，因为高能的、不可见的、异常集中的激光束把血管封住了。

“快走！”黎江拉起林斐，想要离开激战地点。

一大群警卫从走廊两头“嗖嗖”地飞来，举枪对准了两人。黎江不怕子弹，林斐却没有防弹装备，他们现在被包围了。

“现在，”黎江示意林斐，“用激光器在墙上开个口子吧。我会抓住你的。”

“这就是你给我带上头盔和手套的缘故？”林斐说。

“是的。赶快动手！”

黎江说着抓住林斐的脚，同时把自己的脚用磁力固定在墙壁上。后者抡起激光激射器，在墙上画了一个包住两人的圈，随即，圈出的这面墙壁被弹向太空，整个走廊的空气开始外泄，没有氧气面罩的警卫们被卷出基地，他们生前呼出的气体迅速凝成了冰晶。猛烈的气流冲击着黎江，他开始有些抓不稳林斐的小腿。

“埃里森！”黎江喊道，“让单人休眠舱转移到这个缺口来。”

“它已经在路上了。”

“黎江！”林斐的声音在逐渐稀疏的空气中越来越微弱，“你好像快要脱手了！”

黎江用两只手拽住林斐，大声地叫道：“林斐，到真空中我们就没办法交流了！你只需要知道两件事：第一，见到像一口棺材一样的长方形大盒子就不管三七二十一一定要钻进去；第二，无论如何别暴露自己的位置！你赶快把激光器的自毁程序启动——如果它有的话！”

“我的激光器——已经被甩出去了！”林斐虽然嘴巴张得很大，但是他的声音已经细若游丝。

黎江拽着他，却渐渐脱力，用尽几乎自己全部的力量来抓住林斐。

“休眠舱已到达。”埃里森说。

“打开休眠舱顶盖！”黎江感觉到林斐的小腿仍然在向前滑动。

钢青色的休眠舱外壳掀起，留出一个能供一个成人躺在里面的空间。黎江放手了，林斐“噌”地被气流卷了过去，撞到了休眠舱上。林斐想起了黎江的话，立刻进入了舱内，黎江也飞了过去。

“宇宙能源射线来袭警报！”埃里森说。只见远处的太阳有一点变绿。

“坏了，”黎江说，“‘鳞甲号’发动袭击了。”

黎江条件反射一般将手掌上的反应炉对准太阳，将一团团喷出的等离子体塑形，形成一面厚厚的屏障，保护住休眠舱。但紧接着，一道猛烈的绿光击中了等离子屏障，将它瞬间化为虚无。

“黎江，你已无路可逃。”只见太阳的光线被一艘庞大的星际战舰所遮挡，埃里森提示电磁信号就是从那边发送过来的，“‘海王星’第 17 舰队和第 25 舰队奉命将你捉拿，如果需要，我们将不留活口。”

突然，又是一道宇宙能源射线径直射向黎江。黎江和休眠舱紧急闪避，才没有被击中。

“埃里森……”没等黎江说出后半句，埃里森就罕见地插嘴：“老大，我刚刚说了。你不能还手。”

黎江的心里传来“咯噔”一声。最坏的情况出现了。

“老大，我知道你要问什么。我告诉你，因为你刚才用等离子凝固态护盾进行防御，现在的能源储备不到 1.5%。”埃里森说，“你以后再也见不到安娜了……”

然后，埃里森沉默了。

“黎江，‘海王星’最高法院就在刚才已经对你判处死刑。你现在有两条路可以走：一是跟我们回去，在死刑间死得光明正大；二是在这里就像逃犯一样被杀死。”无线电里传来了“海王星”的最后通牒：“我们可以给你半分钟时间考虑。半分钟之后，我们不会留情面。”

“埃里森，先把休眠舱送回‘丝绸 γ’星。”黎江冷静地说。

“你想作甚？”埃里森问。

“既然回不去了，我就干脆再抵抗一下好了。”黎江说，“现在发送一条信息，发往‘丝绸 γ’星。”

“内容？”

“安娜，可能我不能再从海王星轨道上回来了。”他微笑着，眼睛平视前方那一轮脆弱的太阳，“不过我把早就应该被执行死刑的林斐救回来了。可能以后的时光，需要你、百里蔓妙和林斐共同度过了。在此，请原谅我的不辞而别。

“我记得我和你说过，人类的意识是可以复刻的。

“回去，请翻一下仙人掌的数据库，找到‘3728 号’文件夹。请务必按照上面所说的执行。再见。”

“信息已经发送。”埃里森说，“老大，这就算留遗言了？”

“算是吧。”黎江脑海里还残留着与安娜在一起的影子：他们曾经一个躺倒在沙发上，一个坐在板凳上，安娜说黎江像她父亲；黎江用自己的手轻轻地拂过安娜的面颊；安娜饶有趣味地看着黎江的金属手……

安娜被震醒了，睁眼一看，发现一个蓝光平面上赫然显示着黎江给她发送的信息。安娜就像被闪电击中——黎江仿佛才刚刚关上门走了出去，现在又发生了什么事？

安娜尝试着从床上站起来，但双腿还是有些发软，像是两根蜂蜜棒。她只能慢慢地扶着墙，颤悠着来到门边，想要推开门，发现怎么推都推不开。

“您想出去吗？”紫罗兰轻柔的女声从安娜身后响起。安娜又是一惊，她没想到紫罗兰一直在这个房间里。它身上的金属液滴残留已经被清除，所有零部件也经过了调试和修理，完好如新。

“紫罗兰，这门打不开了。”安娜焦急地说。

“当两个房间气压不均衡的时候房门是打不开的。”紫罗兰解释道，“我这就让仓库的气压恢复正常。”

房门外传来了一阵阵呼啸声，显然是在迅速充气。

“‘丝绸 γ’星的空气与地球的大气成分不同，因此我们需要一定时间过滤有害物质。”紫罗兰说。

一声蜂鸣响起，气压正常了。

“您可以开门了。”

安娜艰难地推开门，只见一架战甲孤零零地立在仓库中央。安娜开始还以为这只是一套普通的战甲，也没想过里面有人。

“你是谁？”百里蔓妙惊恐地问。她没想到这里还有一个人。

安娜更没有想到，这套战甲竟然还套着一个人：“你又是谁？”

百里蔓妙想要把面罩取下来，可是她没有战甲的操纵权限。安娜试着向百里蔓妙一指，没想到面罩就自动打开了。

这样一幅生面孔出现在战甲里，弄得安娜更加摸不着头脑。

突然，安娜想起来黎江的那一封短信。

“你是林斐吗？”安娜问道。

“不，林斐是我丈夫。我叫百里蔓妙。”对方冷静地答道。

“那黎江是什么意思？”安娜心想，“为什么以后就要跟他们俩一起过了？为什么黎江回不来了？”

“系统播报，26号休眠舱入轨。”仓库里突然响起一声通报，随即，仙人掌、矮种马和弗朗德从仓库墙上的门中飞了出来；紫罗兰自动套到安娜身上；百里蔓妙的面罩也自动放下——仓库开始将气压调整为“丝绸 γ”星的大气压。

仓库门打开，仙人掌和矮种马率先飞了出去。弗朗德正要走，安娜叫住了它。

“休眠舱里面是什么人？”安娜问。

“据监测，应该是一名男子，身穿‘海王星’制服，带有‘海王星’的应急真空密封装置。”弗朗德不紧不慢地说，“经过在‘海王星’人员数据库中比对，可以证实是前情报局局长林斐。”

“林斐？”百里蔓妙和安娜异口同声地说道。

安娜回头看了百里蔓妙一眼，百里蔓妙仿佛没有察觉到，问：“我丈夫就是‘海王星’情报局局长啊，怎么成了前任了？”

“林斐因违反了‘海王星’的某些权限规定，应该在一个小时前被处死。”弗朗德说到这，百里蔓妙的眼中马上流露出了惊恐，眼睛瞪圆了。“是老大把他解救回来的。”

“不过他自己没回来。”安娜打发走了弗朗德，自言自语道。

门关上了。房间气压暂时还未恢复正常。两个女人一言不发地静立着，空气仿佛凝固了。

“呃……你叫什么名字？”百里蔓妙试着打破沉默。

“我叫安娜。安娜·菲利普。”

“安娜，你来自快子岛吧？”

安娜又一次被震惊了：“你怎么会知道？”

百里蔓妙用调皮的语气说：“‘海王星’有资料。我有幸看过快子岛的各大族谱，其中菲利普家族年龄最小的女性成员名字我顺带就记住了。我对‘安娜’这个名字，不知道为什么，很敏感，而且觉得很优雅。”

“谢谢，但是，为什么‘海王星’会有我们的资料？”安娜疑惑地说。

百里蔓妙更加疑惑：“安娜君，你和黎江君是什么关系？黎江君没有跟你提到过吗？”

“我们是……”安娜的喉头哽住了。

好像……她和黎江还没有正式确立关系。

在这个原本只有两个人的星球上，一切好像不需要言语就默认了。

百里蔓妙的眉头皱得更紧了，不解地望着她，像是在询问她的犹豫。

“这两个人到底是什么关系啊？为什么安娜一副欲言又止的样子？有什么不能说的呢？”百里蔓妙心想。

“我是他女友。”安娜也非常惊讶自己说出了这样的话，这句话异常的唐突。不过现在也顾不上那么多了，“黎江和我一起住了三个多月，他从来没跟我提及过。”

“安娜，你这个女友有点不太称职啊。”百里蔓妙用完全不带有嘲笑的语气说，“应该进一步去了解他呀，这样你才能知道他在想什么，在忧虑什么，才能试着帮他去分担。至少我觉得，这是最体贴他的方式。”

百里蔓妙的话音刚落，仓库上的门一扇扇全部自动打开，所有战甲都从刚刚开启的天花板飞了出去。安娜和百里蔓妙惊异地看着众多的战甲蜂拥而出，消失在视线所不及的天空里。

“搬运一个休眠舱需要这么多战甲吗？”安娜问，“紫罗兰？”

“这些战甲的行动属于机密任务。目前为止，您是没有权限知晓的。我只能告诉您，他们不是去搬运休眠舱的。”

天花板并没有合拢。因为仙人掌、弗朗德和矮种马托着林斐的休眠舱随后从天花板上缓缓降落下来。

“各位，我们先告辞了。”仙人掌说完，急匆匆地和另外两套战甲从天花板飞了出去。

“这到底是怎么一回事！”安娜控制不住地大叫道。

天花板合拢，仓库开始充气。

半分钟前，海王星轨道上。

“等一下……”黎江的语气猛然间激动了起来，“埃里森，打开手腕以上部分的战甲外壳连接处！”

“打开了。老大你想干吗？”埃里森不解地问。

黎江迅速地把左手掌心的冷核聚变反应堆取下，用小拇指把发出微光的战甲反应堆挑开，把假肢反应堆镶嵌在战甲的左掌。“灵感来自安娜。”黎江解释道，“她曾经问过我装假肢的原因。我才想起来我还另有一对反应炉。”

“战甲能源猛增至23%。”埃里森的语气也变得激动起来，“分配核反应堆能量，开启姿势补偿器、红外线探头！”

“所以，现在就有资本去反抗了。”黎江为自己急中生智而感到一点点自豪。

“老大，现在还是先应对敌人的进攻吧。”埃里森提醒道。

“看起来他们的倒计时结束了啊。”黎江说。

果然，局部放大的画面显示，那艘战舰的舰首处，一门宇宙能源炮对准了黎江。

“等离子盾！”黎江大喊。随即，等离子屏障立在了黎江面前，挡住了宇宙能源射线的猛烈冲击。

“传输一条信息。”黎江一边释放出更多的等离子作为遭受宇宙能源轰击的屏障的补充，一边说，“让‘丝绸 γ’星、‘安可杰纳斯 α’星、‘雨伞 δ’星、‘布里卡斯 α’星的所有战甲转移至火星轨道上，对‘鳞甲号’发动攻击！主要攻击方向是它的武器系统和快子监测装置，以及它的检测系统。木卡姆和紫罗兰除外，其他战甲，执行命令！”

“根据您的信息内容，我自动将此信息设定为最高机密。”埃里森说道，“信息已经发送。”

黎江没有再说什么了。他在隐形眼镜上设置了快子跃迁路径，随着一声轰鸣，一艘巨大的宇宙飞船式的战舰横在黎江的眼前——黎江跃迁到了离这艘战舰极为接近的地方，他甚至可以看到战舰表面的武器装备。一道道绿光射向黎江，后者左右躲闪，然后突然下降，落在战舰的表面。

“埃里森。”黎江说，“我们可能需要再来一场大战了。”

林斐从休眠舱里爬了出来，抱怨说：“哇，什么玩意这么吵，我都耳鸣了……”话还未完，就被百里蔓妙扑倒在地下。

“百里蔓妙，你还穿着战甲呢！”安娜善意地提醒道。随后，木卡姆自动地从百里蔓妙身上脱离。

林斐遭受到了百里蔓妙的“重击”，眼冒金星，可是随后百里蔓妙的脸出现在视线内，让林斐一下就感觉有了生活的希望。

“你这个人，怎么会被判死刑呢？我才不信呢。”

“百里蔓妙，你是怎么活下来的？”

“黎江君把我带到这儿的。”百里蔓妙仍然趴在林斐的身上。

安娜看着两人依偎的甜蜜样，用尽了全身的力气才制止了自己翻白眼。她不由得想起那个不知道跑到哪里去了的家伙。

这时她才意识到，百里蔓妙其实是一个很神奇的女人。丈夫不在的时候，她就是一潭死水，拥有无与伦比的理智和冷静，但是只要遇到她丈夫，她就好像发生了化学反应，变成了另一个人——开朗活泼，甚至开始撒娇，这让她看起来有少女般的朝气。回想起百里蔓妙说的话可以证实，她真心地爱着林斐，也许林斐喜欢她开朗活泼的样子，也许那个宁静的百里蔓妙才是真正的她，但是在林斐面前，百里蔓妙一点破绽都没有，让人捉摸不透。

林斐拍拍百里蔓妙的头，示意她起来，然后看到了安娜。百里蔓妙仍看着林斐，仿佛怎么看都看不够。

没等林斐开口，安娜就走过来说：“你好，我是安娜·菲利普。”

“啊，你好。”林斐站了起来，与安娜握了手。“我是林斐。”

“她是黎江君的女朋友。”百里蔓妙介绍道。

“啊，这么久了，我还从来不知道他有个女朋友呢！”林斐说。

“我们三个月前刚认识。”安娜低着头略显羞涩。

气氛一刹那间有了有趣的味道。

“对了，你是怎么被判死刑的？”安娜问林斐。

“说来也可恨。”林斐搂着依偎在他怀里的百里蔓妙说，“当初黎江登上‘土卫三’号救援船的时候，赫尔纳斯那家伙直接启动了激光武器，想轰掉他。我不同意，当时就提出了异议。但没办法，他是最高指挥官，一切行动听他命令。只是我的妻子在那艘船上，我……”

林斐和百里蔓妙交换了一个让安娜发酸的眼神。

“于是我就违规取消了激光武器的发射进程。”林斐继续说，“警卫把我打伤，然后我就被带离了指挥室。之后发生的一切我都不知道了。他们放了个视频宣布了‘海王星’对我的判决，接着就把我带回了‘尼普顿’基地。被黎江救出来之后——黎江人呢？”

“他还没有回来。”安娜说，“我觉得我们可能有必要去找他。他之前给我留言，说他可能再也不能从海王星轨道上回来了。既然如此，我们就更要去找他了。你觉得呢？”

“他去救我的时候，好像很忧虑的样子。”林斐回忆道，“好像剩余的能源不够支撑他返回。”

没有犹豫，安娜放下了紫罗兰的面罩，坚定地说道：“我要去救他。他现在需要我。”

第八章 虫洞

火星背面，“鳞甲号”计算机正在运行。它像一幢楼那么大，表面有许多小网格，网格里面发出绿光，只是仿佛有些阴影时不时挡住绿光，就像一层云，显示它正在运行。

应着黎江的命令，一大片闪光突然出现在“鳞甲号”的周围——它们是战甲集群集结的前兆。“鳞甲号”没有半点停顿，一道绿光射出，扫过战甲密集的区域，战甲则像蜂群一样灵活躲避。

宇宙能源射线一刻不停地在周围扫射，甚至都把火星的地表照亮了，战甲们还是没有反击，只是一直变换各自的位置，避开那些可以把它们大卸八块的射线。

与此同时，海王星轨道上。

一架战机从战舰的机库里飞出，刚一进入太空中，就被黎江用两炮切成了三块。

“老大，火星轨道的所有战甲已经按你所说的就位了。”埃里森说。

黎江下令：“所有战甲听令！开始执行！”

安娜从快子传输的白光中脱离出来，映入眼帘的是一场光线纵横的太空大战。

“天哪！”安娜说，“这里发生了什么？”

她看着眼前震撼的景象，就像星球大战里激光四射的场景一般，到处都是炫丽的光线，在真空中毫无保留地绽放自己的光芒。

“是黎江一个人在战斗。”紫罗兰在一艘巨大的“脉冲星”级战舰上标注出了黎江的位置，此时他正在抵挡三艘战舰的十五门宇宙能源射线炮的攻击。

“紫罗兰，我们去救他！”她看着远方孤独作战的人，突然想站在他身边，和他并肩战斗，即使结局不尽人意，即使定会分离，即使他们将要与整个世界为敌。

因为旁边是他，她不惧。

“已经自动设定航线以及武器系统使用的时间顺序。”紫罗兰说，“中途可能会有不适，请稍微忍耐一下。”

说完，紫罗兰就飞速向着十五束宇宙能源射线交汇的地方冲去。每个对战甲有威胁的目标都被火控雷达锁定，随后，紫罗兰一转身，肩上的激光炮一扫，对准黎江的宇宙能源炮就少了两个；手一抖，一架战机的发动机喷口又被打中，失去了控制，撞向了它的母舰。在敌人还没有意识到有新的力量加入战斗之前，紫罗兰三下五除二就将十五门炮中的五门除掉了。

一架战斗机悄无声息地从战舰后窜了出来，在这之前，紫罗兰的火控雷达并没有将其锁定。紫罗兰紧急改变方向，绕过一大堆在太空中飘着的，像是被某些人撕下来的某些战舰的残骸，以一大块黑色的、已经被烧焦的钢板为掩护，暂时抵挡战机射来的猛烈的机炮。在一串串机炮子弹将这块钢板切开的时候，紫罗兰猛地从钢板后面飞出来，一支火箭早已经装在右手上。火控雷达锁定、火箭发射两个动作连贯迅速，一气呵成。等到那架战机爆炸时，紫罗兰早已飞很远了。

顺手解决掉剩下的十门大炮，紫罗兰飞到了埃里森身边。

“安娜！”黎江认出了紫罗兰，“你怎么跑这儿来了？”

安娜尽管已经气喘吁吁，仍然坚持扫描了黎江一遍，检查他身上是否受了伤：“你到哪，我不得到哪啊？还有，丢下我，自己去救林斐，这事不仗义。”

“但是你没有真真正正打过仗，这太危险了。”黎江坚持着他的立场，一面守护安娜一面继续瞄准目标。

“看来你是真的不认识我爸爸，你只知道他开了一家公司。”安娜笑着，拉起他的左手，将自己的反应炉对准黎江的反应炉，往里加注了足量的核燃料，才说，“他的名言就是：‘不去尝试怎么能知道这药苦不苦’。”

黎江转身背对着她，仍能感受到身后少女的决绝与爱意。他第一次真正感受到想去守护一个人，想去爱她，想要作为她生命中最重要的人陪伴在一起，直到海枯石烂的决心。

“老大，有动静。”埃里森打断了他们不合时宜的交谈。只见靠近黎江的两艘“脉冲星”级战舰有数十条烟柱腾起，一条烟柱不久就分成数条小烟柱，就像一只水螅的触须一样，直向黎江冲来。

“他们发射了导弹。”紫罗兰说。

“我们可以去捣毁他们的机库和舰桥。”黎江建议道，“不费一兵一卒，草船借箭——”

“你想用它们？”安娜说。此时导弹看似很遥远，可是系统显示它离他们只差 20 千米了。

“路线已经给你设定好了。安娜，保重。”黎江说完，埃里森就带他飞走了。

“要按既定路线走吗？”紫罗兰问道。安娜的面罩上已经出现了一条由绿色的线条构成的飞行路径。

“走吧。”

“这条路可能比您找到黎江的路更会让您‘晕车’。”紫罗兰提醒道。

“没关系。”安娜深情地望着黎江在太空中航行时发出的亮光——就是四个小光点，“我能承受，继续吧！”

火星轨道上，每架战甲每时每刻都在规划新的攻击路线，因为不断有战甲为了躲避来袭的宇宙能源射线而偏离路线。一道道激光从战甲的掌心圆环中射出，但好像根本就没有击中什么。众多的战甲围着一栋绿色的大楼，不停地有光线将大楼和战甲们连接起来，强烈的光在火星阴影的一面投下斑斓变换的光影。

每次战甲们激烈地进攻时，“鳞甲号”都是毫发无损。只见激光将要打到“鳞甲号”上的时候，就好像被某种东西消去了力量，消失得无影无踪。

“老大，‘鳞甲号’应该动用了虫洞。”正在激战现场的仙人掌将这一情况报告给了正在海王星的黎江。“虫洞把我们的攻击力量转移到了别处。”

“那我们可能得小心点了。”黎江高速飞向一艘“脉冲星”级战舰，而身后的导弹紧追不舍。“所有战甲都要注意，不要进入‘虫洞循环’。一旦进去，就只能在里面等到战甲燃料耗尽了。”

“收到。”

赫尔纳斯坐在“隐士星”号战舰的指挥室里，注视着大屏幕上黎江的活动轨迹。只见黎江快速地躲闪，身后的冷核聚变火箭显然快跟不上他躲闪的速度了，过不了多久它就会失去控制。

“白凌晚现在人在哪？”赫尔纳斯突然问道。

“他在‘尼普顿’基地。”在他旁边的那位新任情报局局长帕里斯·德·马修回答说。他年纪比林斐稍长，后脑勺已经有一块啤酒瓶底座那么大的“空地”了。在林斐下台之前他是林斐手下的人事部门的组长，对局长这个位子觊觎已久。

“我要跟他说话。立刻联系‘尼普顿’基地。”

很快，大屏幕上就出现了白凌晚的脸，他看上去像是很久没睡觉了。

“最高指挥官先生，有什么可以帮您的？”白凌晚的语气也像是即将要睡觉的人会发出的。

赫尔纳斯看出了他的不耐烦：“没什么，只是想问问，你们科研局底下有一个项目叫做‘虫洞生成’。如果我已知的信息没错的话，它应该在月球任务之后半路腰斩了，因为‘最高政府’不允许我们继续使用这项技术。”

“你的消息挺灵通。”

“你还有这个项目的资料吗？”

“赫尔纳斯，我说你什么好？”白凌晚说着抹了抹脸，“为了你的舰队从木星18号基地出征，我的科研部全部上下一个星期每天睡眠时间平均下来不到半个小时。你还想怎么样？”

“只是想了解一下这个项目的情况。”

“作为科学顾问，我有权利了解你要用它来做什么。”

“现在我要利用虫洞作为防御武器。”赫尔纳斯说，“我需要对黎江进行拦截。因此，我必须得掌握可以在随处制造虫洞的技术。”

“你……在战舰上吗？”

“是的。”

“把你战舰的宇宙能源射线武器参数发过来，这里正好有一套数学模型可以计算。”

“你多久能够搞定？”

“到时候把我的计算机联网，你随时可以同步接收，只是录入慢了一点。”

“一定要记得发给我。”

黎江躲过一堆企图拦截他的小型核弹，逐渐接近“隐士星”号战舰。只见马上就要撞上去了——

“埃里森，推进器反推。”黎江心里说。

随即，他的战甲向前反推，黎江不得不全身肌肉紧绷，来抵抗减速时的惯性。

“快点！”黎江催促道。

眼瞅着导弹向他迎头砸来，埃里森往反方向猛地加速，同时调转方向往左一拐。烟雾从黎江身旁拂过，而导弹则失去了对黎江的追踪，失控地直线撞向“隐士星”号。

太空里听不见巨响，不过从极其明亮的光线和从光源处飞出来的金属液滴来看，冷核聚变反应的中心一定非常热，要是有声音，黎江早就失去听觉了。

“埃里森，识别这附近所有的金属液滴，标记出来，数据与紫罗兰共享，以防碰到。”

“已经按您说的办了。”

“我们的右船舷受到攻击！”一个监控员转身向赫尔纳斯报告说，“是我们自己的导弹击中了自己的战舰。”

“白凌晚，你的方案呢？”赫尔纳斯急迫地问。

大屏幕上又出现了白凌晚的脸。

“已经上传到系统里了，你自己看吧。”白凌晚说完就中断了通信。

“打开传输接口，接收他传给我们的数据！”赫尔纳斯大声说。

马修照做了：“我们需要至少 17 门宇宙能源射线炮。”

“‘隐士星’上还有多少宇宙能源射线炮可以使用？”赫尔纳斯问。

“还有 4 门。”一个监控员转身说。

“远远不够。”马修说道，转眼望向赫尔纳斯。

“另外一艘‘铃鼓星’号上还有多少门？”赫尔纳斯又问。

监控员点开一个蓝光平面，调出“铃鼓星”号的信息。

“还有 10 门，它损失不大。”

剩下 3 门，这 3 门炮的空缺如何补上？马修立刻面露难色，绞尽了脑汁，在想有没有其他的办法来补充这些硬件设施的缺口。

赫尔纳斯看着马修，笑着说：“你们忘了舰队里的‘行星’级的战舰了吗？‘欧西里斯星’号的宇宙能源射线炮还有多少门？”

“它完好无损，有 5 门。”监控员说。

“与这两艘舰沟通，调整到一个合适的位置。”赫尔纳斯说，“通知他们，将全部的宇宙能源射线炮能量等级提升到最高，准备生成虫洞。”

·

火星轨道上，众多战甲奈何不了能将空间扭曲的虫洞，激光武器威力虽大，可是仍然违反不了宇宙的物理定律。仙人掌将这一情况报告给了黎江。

“这样吧，”黎江几乎是贴着“隐士星”号的外皮飞过，回身一道激光，又一颗导弹爆炸了，高温又引发了其他的导弹失控。“让‘穆勒ζ’星的所有战甲苏醒，快子传输到火星轨道上，目标点就是‘鳞甲号’本身。系统要调整好自身位置，势必要碰到‘鳞甲号’！”

黎江说完，回身俯视，只见下面五艘战舰，两艘“行星”级战舰每艘必中一颗冷核聚变导弹，与“脉冲星”级战舰的庞大身躯遇到两三颗导弹相比，一颗导弹的打击对它们来说简直就是重创；“脉冲星”级的两艘舰也满目疮痍，就像两摊灰色的大煎饼上撒满了豆瓣酱。每一个红得发亮的地方都是一颗冷核聚变导弹留下的，它们的反应是不会因人为因素而停止的，所以“海王星”相当于在自讨苦吃。

安娜飞到了黎江的身边，一手挽住他的胳膊，一手捂着头盔，说：“啊，真的是晕死我了，那个温度真是令人窒息！”

“我们要去火星轨道了，你受得了吗？”黎江看着她通红的脸，声音隐隐透出担心。

“没关系，你去哪我去哪。”安娜的语气里透着一股倔强。

“埃里森、紫罗兰，设定路线，目标‘鳞甲号’。快子传输！”黎江大声说。

“‘铃鼓星’号已抵达目标位置23-18-90，待命！”“铃鼓星”号战舰通知道。

“‘欧西里斯星’号抵达目标位置16-76-01，待命！”“欧西里斯星”号随后也准备好了。

“三艘战舰听令！将我们的所有炮瞄准黎江，生成第2号标准循环式虫洞。”赫尔纳斯说，“听我口令！3、2、1，发射！”

宇宙能源射线的巨大能量，聚集到一个小小的空间里，刹那间生成了一个虫洞。

黎江和安娜正要出发，一个异象让黎江终止了他和安娜的跃迁程序：星星都被隐去了，就连太阳都被挡住，失去了光芒，导航系统失去了参照系，瞬间失去了对自身位置的定位。

“安娜，我们好像有麻烦了。”黎江说道。

安娜也有所知，在一片黑暗中摸到了黎江的手。

“这里是哪？”她有一种说不出的恐惧。

“如果我没猜错，这里应该是虫洞的内部。”黎江说着打开了战甲的照明灯，结果光线所及之处都是钢青色和淡红色交织在一起的奇异混合物，“那个四周都能看到自己背影的房间，记得吗？”

“也就是说，我们现在处于一个虫洞的内部？”安娜害怕地问道。

“是的。”黎江说，“这里的空间是循环的，我们的前面就是我们的后面。如果不借助外面的力量把生成这个虫洞的东西破坏掉，我们只能束手待毙，或者能量耗尽而死。”

“能用快子吗？”安娜问。

黎江笑了笑，说：“快子穿越的是空间，而虫洞扭曲的就是空间。”

“说实话，超光速不是能让时间倒流吗？”安娜的惊恐渐渐转变为疑虑。

“是啊，你用快子飞了这么多次还没意识到这个问题啊？”黎江说，“快子传输是我们目前发现的唯一一种能够进行超光速飞行而不会让时间倒流的方法。另外，还有其他的超光速飞行的方法，只不过由于控制整个太阳系的计算机制定的法律不允许，要不然我们早就把它灭掉了。”

“其他的方法是什么？”安娜问。

“想知道吗？”黎江说，“那你得付出一些代价。一旦我告诉了你，你就不能在‘鳞甲号’还存在的时候回到太阳系。”

安娜犹豫了一下，随后说：“没事，你陪我就行了。”

黎江说：“就在两年前，我在仙女座星系的一颗恒星……系统给它的编号很长，我没记住——反正在它的轨道上布置了一颗暗物质探测卫星，那里正处在一处宇宙辐射带当中，来自远方类星体的辐射很强烈……然后，我就在那里发现了一种暗物质。”

“是什么？”安娜问。

“听我说，我在这条宇宙辐射带经过的两个恒星系里都布置了探测卫星，这两个恒星系相距 19 光年，结果快子传输发现两颗卫星探测到了明显是同一种粒子束的间隔时间不超过 30 分钟。我将它命名为‘疾子’，接着我发现了异常：这条辐射带里有一条辐射流，正好穿过两个恒星系，而我的两个探测器探测到疾子的时间顺序显示疾子看上去正在逆流前行，这是不可能的。所以我有两个结论：要不然，这种粒子以超光速飞行的时候会改变时间；或者，这东西在顺着宇宙辐射带逆流而上。

“后一种可能性可以基本排除。因为我在取得疾子的资料后，收到了‘鳞甲号’的警告。我估计，它的警告只有一个目的，害怕我掌握疾子的相关技术后从时间维度上打击它。因此，我正式确定，疾子在超光速运动的时候可以改变时间。

“安娜，真是对不起。”黎江突然愧疚地说，“你可能再也不能踏进太阳系一步了。”

“没事。”安娜倒是想得开，也打开了紫罗兰的照明灯，“宇宙那么大，一定有比太阳系更好的地方……我们什么时候能出去？”

黎江的眼神黯淡了下来：“如果我的战甲在火星轨道上大败，我们就没有办法出去了……”

“有什么方法能向外面发送信息……”

“不行，信号会从各个方向回弹过来。”

“快子呢？”安娜依然企图找到一丝希望。

“我说过的，快子穿过的是空间，而虫洞扭曲的就是空间。”黎江的话就像一盆冷水把安娜浇了个透，“这是‘最高政府’也就是‘鳞甲号’的杀手锏。被困的人将会完全与外部隔绝。”

安娜停顿了一下，说：“这里能够打开头盔吗？”

“别！”黎江按住了安娜的面罩，好像安娜已经把它打开了一样，“这里是真空！你打开面罩无异于自杀！”

她望着他，眼神里面尽是迷茫，好像回到了他们相遇的开始，那个小女孩再一次迷失了方向，回不了家。

她推开了黎江。

“安娜，听我说！”黎江大声说，“静下来！你不能打开面罩，相信我！虽然你很想出去，但是我们不具备这个条件！”

他看着安娜在离他几米远的地方摸索什么，好像在寻找出口一般。紫罗兰的身影渐渐模糊，融入了那一片变幻的色彩之中，两秒后，紫罗兰又从黎江的身后那一片扑朔的光晕中出现，渐渐清晰起来。安娜转了一圈回到了原地。

“唉，”黎江叹息道，“如果我们能够提前把意识复刻下来，即使我们两个真的死了，‘我们’还是会活着。”

“那根本不是我！”安娜回头愤怒地回过头来回应道，“那是另一个安娜，不是我！”

“只要不同时存在，她就是你。”

她没有说话。过了不知道多久，安娜依然没有放弃，只是动作渐渐慢了下来。

黎江一直默默凝视着她，一言不发。最后，捕捉到安娜疲劳的征兆后，他果断地下了命令。

“紫罗兰，对安娜进行催眠。”

安娜的反应渐渐弱了下来，最后一动不动了。紫罗兰自动关了灯，只留下面罩里微弱的光芒照亮安娜熟睡的脸庞。黎江无助地望了望那套淡红色的战甲和那无梦的脸，自责着自己给所爱的女孩带来了多大的磨难。

“我们的任务算是完成了吗？”马修望着蓝光平面上的画面：黑色的太空背景中，一道绿色的光束持续地连接着远方和附近的一处空间，远方是“最高政府”，附近是黎江所在的那个虫洞。宇宙能源射线维持着这个虫洞的运转，否则它会即刻坍塌。

“对。”赫尔纳斯说，“我们完成了。它的指挥权已经交给‘最高政府’了，我们管不着了。”

“反正他也免不了一死。”马修说。

赫尔纳斯下令：“全体注意，返航！”

“鳞甲号”的反抗依旧很激烈，一道道宇宙能源射线通过计算机自备的火力系统发射出去，每一次发射都会造成强烈的干扰，战甲之间的信息交流会受到阻碍，但这依然阻止不了战甲猛烈的攻势。每过几秒，就会有一片天空突然换了个样，然后再换回去——这个过程很短，只有不到一秒。是虫洞。一旦有某个战甲误入了它，就会被传送到未知的宇宙区域，如果传送地点正好在黎江的星图所及之地，战甲还能够通过快子回到战场，反之，它就相当于失去了作战能力。

突然，从太阳光射来的方向，一大片白光的出现让太阳黯然失色——“穆勒 ζ”的 2200 万套战甲悉数抵达火星轨道，密密麻麻的战甲甚至都遮住了一部分太阳，让火星红色的地表被投下深色的阴影。

战甲遵循黎江的命令，抵达火星轨道之后，没有停留，而是超光速冲向“鳞甲号”。多么壮观的景象——那一片遮住阳光的乌云中，一道道白色的光柱以无法想象的速度一闪而过，冲向“鳞甲号”，而后者则用宇宙能源射线和虫洞作为防御。由于战斗激烈，光是“穆勒 ζ”的战甲就已经让它措手不及了——这就给了其他战甲可乘之机。

由仙人掌带领的一队战甲从火星轨道外围向里突进，试图接近“鳞甲号”，结果“鳞甲号”百忙中用一束射线将这队战甲打散；随后精灵带着两套战甲试图悄悄地从下往上偷袭“鳞甲号”的底部，也未成功；但紧接着，在“鳞甲号”后方，一道比其他快子传输时更耀眼的白光中脱离出来一套金光闪闪的战甲。

“王甲到达战场。”那套战甲在系统中播报。

那一套战甲随即以近乎光速的最高速度靠近“鳞甲号”，快得都化作了一束金光。“鳞甲号”对它避之不及，只好用宇宙能源射线向它轰击。但是宇宙能源射线奈何不了王甲，它释放的凝固态等离子成功地抵挡了“鳞甲号”的进攻。王甲越来越近，“鳞甲号”只能在王甲的前方生成了一个虫洞，没想到在这之前王甲瞬间解散，碎成了一片片金属零件，成功绕过了虫洞的空间边界，迅速接近。“鳞甲号”面对“穆勒 ζ”上战甲的“人海战术”，承受能力已经接近了极限，没想到又要追踪王甲的一片片金属零件，这对它来说难度过大了。没等“鳞甲号”有所反应，零件迅速聚合，王甲肩上的两门激光炮开火了……

黎江和安娜沉浸于黑暗之中。突然阳光一猛子扎了进来，弄得黎江的眼睛刺出了泪水。

“紫罗兰，唤醒安娜。”黎江使劲眨了眨眼说，“两位，我们要走了。”

“好的，老大。”埃里森和紫罗兰一起说，“你要去哪？”

“我要去见一见‘鳞甲号’。”

黎江能感觉到安娜动弹了一下，于是说：“安娜，我们要走了。”

安娜伸了个懒腰，“虫洞消失了吗？我们不用耗死在虫洞里头了？”

“当然不用。”黎江说，“我说的话还有假？”

轰隆隆的一声响，紫罗兰和埃里森进入了超光速。不一会儿，他们便到达了“鳞甲号”所在的地方。只见众多的战甲威严地飘在“鳞甲号”周围，后者表面的一大块好像被切掉了，现在它显得非常残破。

“老大。”那套金光闪闪的战甲飞了过来，“我是第6号王甲，特地前来支援作战。”

“多亏你了。”黎江说，“现在你可以走了。”

那套王甲当即钻进了一片白光之中。

“王甲？”安娜疑惑地说，“那是什么东西？”

“我们以后再说吧。”黎江拍拍安娜的头，随即看向那个失败者，“‘鳞甲号’！你在这场战役中已经被我们击败，你还有什么话要说？”

埃里森把“鳞甲号”的回答显示在头盔上：

如今，我已下马，

就任你处置吧。

“不要让任何人知道我们的这场冲突，你最好对‘海王星’宣称我已经被消灭。哦，对了，还有林斐。”

这个可以办到。

“从今往后，你不能监控我以及我身边的人，我们的所在所为不再受你控制。”

即使我不关注，

也不代表别人就不会知晓。

“所以我打算搬出太阳系。”黎江继续说，“这样也给你省心了，不是吗？不过，提前告诉你，如果有我认为足够紧急的情况值得我回来，我不会打招呼。”

我已对你毫无办法。

走吧，走吧。

“I will keep an eye on you. 今后我将会监控你的一举一动，而你，不准反抗。像刚刚击败你的那种战甲，我都不知道我造了多少，如果有需要，我会将我身边每一套战甲都进行改造，到时候遭殃的是你。如果你仍然要进行降低人类文明科技阈值的活动，别怪我手下不留情。

“所有战甲听令。”黎江说，“从哪来回哪去吧！”

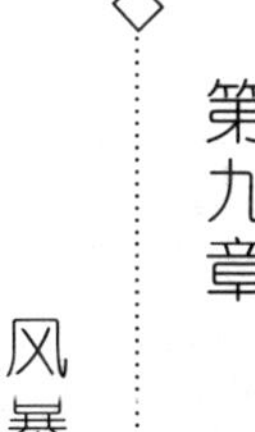

第九章 风暴

“丝绸γ”星上，仓库重新充气。

“真是受够了。”黎江抱怨说，“不到一天，又是月球，又是‘丝绸γ’星，又是海王星，又是火星。我想睡会儿觉。”

“去房间里睡吧。”安娜说着推开房门。但是随后黎江被叫住了。

“黎江。”林斐从休眠舱里爬出来，“这是怎么回事，我这是在哪里？”

黎江忘记了房间里还有另外两个人：“哦，林斐啊。我把这个恒星系的恒星命名为‘丝绸’星，大概在‘海王星’星图的第72空间格里。”

“那么远？”林斐听见了他们的位置，惊讶地说。

“是啊。我们不用再回去了。”黎江把刚才的经过叙述了一遍。

“你真的打败了‘最高政府’？”林斐和百里蔓妙的眼睛同时睁到了最大尺寸。

“对。”

“那为什么我们回不去？”百里蔓妙问。

“因为现在有威胁的不是‘鳞甲号’，而是‘海王星’。”

林斐理顺了思路，“‘海王星’掌握了冷核聚变技术，他们现在完全可以制造出像你的战甲一样的武器。”

“那我们可以阻止冷核聚变实验成功呀。”安娜加入了谈话。

“不行。”林斐说。“冷核聚变实验的选址是连我们这些在情报局工作的人都不知道的最高机密。知道的人只有白凌晚和泽尔。”

“泽尔是谁？”安娜和黎江同时问道。

“是‘海王星’现任的最高领导人。”百里蔓妙回答说，“上一任是古丽。”

“古丽我知道，她什么时候下台的？”黎江问。

“两年前吧。”百里蔓妙说，“不过我们现在好像不适合谈这个。”

“你们俩，如果不回地球了，会有事吗？”黎江担心地问。

“没关系。”林斐说，“我在太阳系内已经没有可以牵挂的了。”

“我的朋友们还没有跟我道别呢，不过没关系的。”百里蔓妙说。

“你呢？”黎江担心地问安娜。

“我妈妈可能认为我已经死了。”安娜握住了黎江的手，“快子岛所有人肯定都这么以为。所以，我没什么可以顾忌的了。”

“好，大家都累了吧，我们还是尽快休息吧。”黎江说，“林斐，你睡那里头可以吗？”他指指休眠舱。

“可以。”林斐回答。

“好的。明天我可以安排把你的战甲做出来。”黎江说，“既然大家都回不去了，那我们就是一家人了……”

把什么都安排好了之后，黎江和安娜都感到疲乏异常。

“今天是个不寻常的日子，嗯？”安娜欢快地说着，拨了拨自己袖子上的蓝光平面，把自己的衣服调成睡眠模式。

“是的，今天不太寻常。”黎江直接躺到了床上，安娜紧接着躺在他的身边——他们早已经不再一个看着另一个睡觉了。“今天，‘海王星’要庆祝一个人的假死亡；今天，‘鳞甲号’失去了它的光芒；今天，四个失去家园的人走到了一起；今天，我们将会准备面对改变后的明天。”

安娜细细地、一字一句地咀嚼着黎江的话，渐渐感觉到了困意。

黎江替她盖上了被子，说：“唉，我们一个小时前还屈服于‘最高政府’的淫威之下呢，现在，我们已经是真正属于太空的人类了，是自由自在的‘假死人’了，也是……回不了家的流浪者了。”

“那我们这些流浪者明天要做什么呢？”

“我想重新回到脑科学的研究上……”

“又是脑科学！你除了这个就不能研究点别的吗？”

“怎么一提大脑你就恶心？”

“它让我头皮发麻。”

“我只差一点就攻破最后的难关，到时候意识就可以顺利导入到人脑当中了……”

“我不管！想起来你之前和那个‘黎江’打架我就反感。我都不知道我该喜欢哪一个人了。反正你啥都能碰，大脑不行！”安娜气愤地命令道。

黎江眼神一下子变得很复杂。他死死地盯住她的眸子，仿佛在试图撬开她的脑子改变她的主意，但他发现这是无用之功。

“好吧。”他最后妥协地说。

“你还没跟我解释王甲是什么呢。”安娜得意地笑了笑，随后想起来黎江曾经说过的话。

“啊……那是两年以前的事了。”黎江好像一下子就陷入了回忆，“我心血来潮，一下子把我所有的高科技武器装备和技术集中到一套战甲上，试验了一下，感觉还不错，就穿了它一段时间，后来按这个思路又造了很多套，这种战甲被我叫作‘王甲’。直到有一天我算了一下，照这样下去，我拥有的钛金属资源不久就会枯竭的，于是就把我造的这些王甲分配到了其他星球，作为‘镇星之宝’。”

“你一共造了多少套？”

“2000套。但是按照现在这个情况，王甲看样子用不上了啊。”

“那个，‘最高政府’，是怎么监视我们的呢？”

“解释起来有点复杂，主要原理就是利用宇宙能源光子的高密度性质。‘鳞甲号’不仅可以生成困住我们的那种虫洞，还能生成微虫洞——也就是畸变直径只有一个基本粒子大小的虫洞，再通过一系列观察手段达到它偷窥的目的。”黎江看着安娜闪闪发亮的眼睛，虽然他读出安娜一个字也没有听进去，但还是接着说，“对于‘最高政府’，我们有太多不了解的地方。不过可以确定的是，它是我们所知最古老、最强大的计算机。”

“你向我保证过要请我吃一顿大餐的。”安娜又转移了话题。

黎江像是突然想起来似的，眼睛一下就睁圆了。“完了，我把这事忘了，我现在给你做去……”他说着掀开被子就要往门口跑。

一只手拽住了他的袖子。

“没关系的啦。现在去做，我这么困，哪还有心情吃。那顿饭，就当你欠我的吧。以后再还。”

黎江犹豫了一下，又钻回到被窝里。这次是安娜帮他盖好了被子。

安娜的手柔弱无骨，像藤蔓一样攀上他的胳膊。

“你的声音给我力量，但我现在好困，想睡觉，结果你的声音反而让我睡不着。我这么矛盾，都怪你。”她又朝他靠近了一点。

“我现在特别想下令让紫罗兰直接把你绑回地球，实现三个月前你的愿望，可是不知为什么，你现在让我有一种把你留在我身边一生一世的冲动。我也很矛盾，我们扯平了。”

“哈哈哈。你居然也会有这种想法。”安娜说着转而抱住了黎江的腰，她的眼睛里闪烁着某种他从没见过的光芒，“什么吃大餐或是搞研究之类的，那都是明天的事情，至少今天是属于我们两个的……哦，不，说得更确切一点，今天你属于我！”

黎江还没反应过来她话中之意，安娜就轻轻把一只手放上了他的脸颊，紧接着的是美人的唇……

2052年2月20日。“丝绸 γ”星上。

“在哪？”黎江问，“在‘丝绸 α’的哪？”

“是在‘丝绸 α’星的第10格区。”蓝光平面上显示，林斐显然在驾驶某样东西，“我找到一大片的闪电区。”

“你慢慢看着，我马上就来。”黎江说完，马上拉开厨房门。

“你去哪？”安娜正在挑起她的通心粉。

“林斐正在‘丝绸 α’星，他又发现那颗行星上有剧烈的闪电风暴。”黎江说道，“铁匠，你跟我走一趟。”

“我要不要跟你去啊？”安娜说着跑过来，满怀期待地说。

“不用，‘丝绸 α’星的环境你又不是不知道。”黎江说着捧住了安娜的脸，“你知道我一贯的行事方式——不到万不得已不会叫你出手的。”

“得了吧，我哪次没有救过你的命？”安娜不屑地说着，甩开了他的手。

“我主动叫过你去帮忙吗？”黎江笑着反问道。

“行，这次我不去，看你怎么办？”安娜说着坐到沙发上，那表情看上去就是“请开始你的表演”。

铁匠将黎江包住，随即带着他走到仓库。

“百里蔓妙，早上好！”黎江说着打开了气闸舱的保险。

“你是要走吗？”百里蔓妙抬起头问道，她正在提着喷壶向摆在墙角的一排花盆里洒水，身后站着她的战甲——向日葵，正如它的名字一样，它的外表是黄色的。

“对，林斐在‘丝绸 α’发现了一些情况。”黎江走进了气闸舱——这是黎江自己加装的，现在从门出入的时候可以不用把整个仓库的空气抽干了，“那些东西还没长出来？”黎江指指那些花盆。

“没有。”百里蔓妙的眼神很委屈，表情很沮丧，语气带有一丝无奈，“我甚至开始怀疑水对它们没有用了。”

“好吧。”黎江说，“你继续努力。”

他开始怀疑，不告诉百里蔓妙这些种子需要油是不是不厚道了。

两分钟之后，黎江抵达“丝绸 α”星。这是一颗巨大的气体行星，土黄色的表面有巨大的气旋，而这些气旋看上去正在缓慢向行星的阴暗面靠拢——实际上应该是很快的——它的自转周期非常慢，慢到足以让行星正面被炙烤到 2500℃的高温，同时背面接近零下 600℃，这就让它的表面刮起了剧烈的风暴。

“林斐，我来了，你在哪？”黎江呼唤道。

没有回答……

黎江花了两分钟时间快速推进到行星的背面，一是为了找林斐，二是防止战甲过热。一到达背面，黎江就被眼前的景象惊呆了——整个行星的背面被白花花的闪电触须爬满，闪电的光所经之处，黄色的云被照得透亮。闪电一刻不停地从行星上的各个地方冒出来，每次都是呈雪花晶体状滑过行星的云层，仿佛是一朵朵巨大的蓝花。到目前为止，黎江还从没见到过有哪一颗行星上的闪电这么猛烈。

“林斐？”黎江问道。

这次终于有了回答，只不过可能辐射太强了，声音断断续续：“黎江……我……这里……强……很……”

“林斐你说什么？”黎江试图听清他说的话，但是他的声音渐渐模糊起来。一段时间过后，一个坐标被发送到了黎江的战甲上，紧接着，黎江与林斐完全失去了联系。

黎江意识到了事态的严重性，急忙向着林斐发来的坐标点赶去。

“那是辐射最猛烈的地区。”铁匠说。

“他去那里干嘛？”黎江实在是摸不着头脑。“见到闪电风暴远远地看一眼就好了嘛，为什么还要进到里面呢？”

“最近这两天他一直在忙活着什么……”铁匠回答了黎江，“他说是一种超容电池。”

“这家伙怕不是要进行试验吧？”黎江不敢相信，“还在闪电这么剧烈的区域里……他不是疯了吧？”

只见那些白花花的闪电越来越密集，黎江甚至感觉它们快要结成一团球了。他操纵战甲又靠近了这颗大“球”一步。

“林斐！”黎江再次呼叫林斐，可是依然没有任何回答。

“辐射太强烈了！”铁匠叫道，“我已经快坚持不住了！”

黎江就地停下，问道：“铁匠，你还好吗？”

“还可以。但这已经到我承受的极限了。”铁匠说，“这里的辐射严重干扰了我的正常运算，磁场辐射屏蔽系统现在能量消耗占比已经是最大了。”

黎江近看这一片闪电，已经感觉眼睛快要被闪花了，同时他也不敢想象林斐在如此恶劣的环境下的模样。他一直待到自己心灰意冷，觉得林斐已经无法活着的时候……

“老大，辐射强度减弱了。”铁匠报告道。

“是这次风暴要结束了吗？”黎江问。

“不，风暴的势头短时间内不会减弱。”铁匠说，“这明显是人为的电磁屏蔽行为。”

正当黎江觉得事情有什么转机的时候，一个声音就在面罩里响起。

“黎江，你来得正是时候。”

“林斐，你到底在搞什么？”黎江大喊道，“你会让自己丧命的！”

“是吗？”话音刚落，“丝绸 α”星交替的云气和闪电中，窜出来一个身影——全身是蓝色的金属板，仿佛就像一道脱离行星的闪电，是的，它的表面充斥着蓝色的电火花。这就是林斐的战甲之一，冷湖。

“明明有了核反应堆，你为什么还要再附加一个电池呢？”黎江疑惑地问。

“核反应堆的输出功率是很大，但是要供给的系统太多了。”林斐说着，继续高速飞行，离黎江越来越近，“如果附加一个电池，再把硬件设施改造一下，那就可以提高它们工作的效率。”

林斐说着，以黎江平时想都不敢想的速度与他擦身而过。在那一瞬间，黎江也感受到了林斐的智慧。

“而且，我还多了一种攻击的方式。”林斐说着在黎江身后不远处停下来，黎江一转身，只见一股强电流从冷湖的手臂上射出来，击中了铁匠，在铁匠的胸口处留下了一块焦痕。顿时，战甲的计算机停止了运作，面罩上的显示全部都不见了，黎江的大脑也像触电一样，他早已习惯用意念操纵战甲，突然的断线反而让他感觉自己的身体仿佛有什么部位瘫痪了——好像林斐的这一击产生的极高电压把某些电子元件烧坏了。黎江抬起手，只见没有计算机的控制，战甲两手的冷聚变反应炉不再发亮——它们不像黎江双手上的那两个反应炉是依靠神经电子控制的。

林斐通过冷湖显示的参数，渐渐感觉到了不对劲，于是说道：“黎江，你正在向后移，调整一下你的方向！”

“看起来他不大可能接收到您的消息，先生。”冷湖的声音听起来像是一个富有磁性嗓音的少年。

“为什么？”

“因为我得到的数据显示，他的冷核聚变反应炉停机了，这可能是由于计算机当机而导致的。”冷湖说。

林斐立即意识到自己做了什么蠢事，立刻提速急追。但是黎江被“丝绸 α”星巨大的引力吸引，向后坠落的速度也越来越快。黎江也意识到有什么不对，但是太空中没有什么支点，没有办法不借助推进器进行移动。他只能尽力扭动上身，待他面对着那一颗表面闪烁着闪电的行星时，才开始发现自己被行星的引力给牵引住了。

黎江想骂人，但是这时候骂人是没有用的。他试图把腕部以上的装甲解开，但是没有计算机的控制，这是不可能的。

他向行星靠拢的速度越来越快，他和林斐都越来越着急。为了使黎江的电脑元件不再遭到破坏，林斐只能继续为黎江提供防辐射保护。眼见林斐与黎江越拉越近，他伸出手想要去拉黎江，但是后者因为失去动力而打起转来，使这个看似简单的动作变得艰难异常。

“林斐，你有办法屏蔽辐射吗？”一个柔美而冷静的声音在冷湖的面罩里响起，似乎早就料到了这一切，“我是安娜。”

“有。”林斐回答道。

“掩护我。”林斐向后看时，只见一个人影以极快的速度从左后方俯冲而下，从林斐身旁掠过。那是安娜的新战甲，也是淡粉色的，叫灵蝶。林斐马上指挥冷湖对那个目标采取了针对性辐射屏蔽措施。安娜得到了防护，马上飞速接近黎江。

“你的速度很危险！”林斐叫道，“会起火的！”

安娜就当没听见，驾驶着她的新一代战甲迅速接近铁匠。而黎江根本看不到安娜——他那时已经晕得不行了。安娜没有管黎江有没有在旋转，直接冲过去将黎江搂住，然后猛地向上拉升，和林斐一起离开了“丝绸 α”星。

“安娜，我很抱歉。”林斐说，“是我把他的控制系统烧坏的。”

“没关系的。”安娜平静地说，“这样我可以说服他装法拉第笼。”

安娜、林斐还有黎江一起进入了超光速。

5分钟之后，“丝绸γ”星的基地里。林斐和安娜合力把黎江拖出了气闸舱，百里蔓妙赶紧从自己的房间里跑了出来。

“天呐，黎江君这是怎么了？”

黎江没有回答。他站立不稳，摔在了地上。林斐和安娜赶紧去扶，可是黎江推开了他们。

“你要干什么？”林斐问。

黎江仍然一言不发，他扳开铁匠右上臂的一块甲片，从里面拿出了一把银色的钥匙，然后水平向上插进了右小臂的一个小孔里——在场的其他三个人以前都没注意到这个小孔。接着，铁匠变为一堆零件，纷纷从黎江的身上散落。黎江把头盔从头上取下来，说道：“我早就料到过这个情况，于是我设计了能手动打开装甲的钥匙。以后要是需要，你们也可以这样做。怎么样？”

“黎江……”林斐刚想道歉，可是黎江伸出了一只手，制止了他，“不用道歉，我来说说我对这件事情的看法。

“第一，林斐是一个很棒的发明家，这一点毋庸置疑，这才是我把你从死刑间救出来的原因——如果经过实验确认，我将会在所有战甲上装上你的超容电池。这说明，我们的战甲确实还有可以再进行升级的地方。

“第二，我得回去对所有战甲进行改装，加装法拉第笼。既然林斐可以做得到，别人也一定可以。这一年来，没有我们的阻挠，‘海王星’的科技实力应该已经飞速发展起来了。根据我获得的情报，‘海王星’已经掌握了冷核聚变技术。我们都知道他们想要侵略地球，使人类文明转化为‘巨行星文明’。我们既然要保卫人类文明，那就要提高我们自身的水平。毕竟，我们不能保证‘海王星’一定不能研发这种武器，对不对？

“而且，‘海王星’憋了那么久，这个时候他们应该也已经蠢蠢欲动了。”

“Here we are, riding the sky, painting the night with sun. You and I, mirrors of light. Twin flames of fire, lit in another time and place.

“I knew your name. I knew your face, your love and grace. Past and present now embrace. Worlds collide in inner space. Unstoppable, the song we play…

“Burn the page for me. I cannot erase the time of sleep. I cannot be loved so set me free. I cannot deliver your love or caress your soul, so turn the page for me…” [1]

傍晚，蓝色的太阳落下了地平线。黎江循着这沁人心脾的歌声，蹑手蹑脚地登上了基地顶上的观星台。安娜背对着他，

1 歌词来源为 Two Steps From Hell 的《Star Sky》。

清凉的女声萦绕在不大的空间内。观星台巨大的有机玻璃罩外面，金色、白色、蓝色、紫色的云层层交叠，天空成为光的画布，让色彩自由挥洒。爱人的歌唱，壮丽的风景，让场景变得浪漫至极。

“…or caress your soul…”随着最后一丝乐音消失在空气中，安娜沉默下来，望着窗外的世界，沉思着，像是一只笼子里渴望自由的鸟儿。虽说是清唱，但那首曲子的旋律也随着美妙的歌喉，来到黎江的心里，这首歌，恰巧描绘了“丝绸 γ”星的壮丽景象，歌词也正好符合安娜和他的冒险经历，可谓意味深长。

他悄无声息地来到她的身边，右手轻轻地把她揽向自己。

安娜转头看了他一眼，然后也伸出双臂，勾住了他的脖子。

两人就这样融为了一个整体，成为了对方的一部分。

天穹之下的一切都显得那么宁静，无论是绿色的苔原，钢青色的基地，还是粉色的爱情。

“我来找你，还是想和你说说脑科学研究的事情。”

“那不可能，你别想了。”安娜头也不回，语气十分强硬。

“这是我一定要做的事情。”黎江也毫不示弱，“就像今天，要是我没有被你救回来，你不就一个人孤苦伶仃地留在这个世界上了吗？”

“所以你想复制一个你来陪我？”安娜对他的话感到惊讶万分。

黎江低下头，没有直接做出回答，只是说：“有时候，事情总是会发生意外的。”

两人很久都没有交谈。直到蓝色的太阳缓慢把自己留在天幕上的最后一丝余晖收回的时候，黎江才打破了沉寂。

“好美的天空啊。”黎江温柔地低吟。

“是啊，我有一个很美丽的念头。”安娜的声音虽然清晰，但是很轻。

“什么美丽在你身上都不为过。”黎江轻笑道。

“亲爱的，我有个愿望。”安娜轻轻地说。黎江立刻意识到，安娜又要跟他说什么情话了，而且通常来说非常感性——她这时候很容易哭，好像心灵的大堤变成了浸了水的棉连纸一样。

“什么愿望？”黎江依然盯着蓝色的太阳，微微歪着头，问道。总之他觉得实现这个“愿望”不会有什么困难——想要去哪，只要在银河系和周边几个星系内，应该都可以实现；想要有什么，只要找到所有的原材料，他应该都可以做出来；想要见谁，和“鳞甲号”商量商量，应该就可以回快子岛了。所以，黎江其实没有对这个“愿望”太过留意，因此，当安娜说出口的时候，他吓了一跳。

“我想改名。”安娜转过头来，难得地一脸严肃。

“改名？”

“我想被大家称为黎夫人。”

黎江吃惊地看向安娜，她的眼睛清澈透明，没有一点杂质——可见她是真心的，只不过他做梦也没想到，这个总是撒娇的少女会红着脸一本正经地向他求婚。

“我要一次被人承认的、有实际法律地位的、浪漫的婚姻。”

安娜补充说，“最后一点很重要哦，一定要浪漫，否则我是不会满意的。”

“什么是浪漫？”黎江对这个词的定义产生了疑问。

安娜并没有纠结“浪漫”的定义，而是说：“我觉得浪漫，就好了。至于‘浪漫’是什么，不用管它。你能办得到吗？”

安娜双手按在黎江的胸前，抬起头满怀希望地看着后者。

“可以。”黎江说，“我会在筷子岛举办一场盛大的婚礼，你的亲朋好友都可以来参加——你甚至还可能上报纸头条，毕竟你已经在公众的视野里消失了一年多了。”

“你还少了一句话。”她笑着提醒道。

黎江的脑子飞快地转了一秒。

“我要娶你。”黎江深情地补充道。

“我就知道！”安娜说完激动地搂住了黎江，“我就知道你会有办法的！”

“你又哭了？”黎江抱着安娜，很明显地感觉到一股液体从自己的左肩向下流淌。

“我当然得哭！”安娜说，“这可是我人生的大事！这可是我第一次向别人求婚，成功了我当然很高兴！”

“你知道吗，一般都是男人求婚的。”黎江说。

“嘿！别得意忘形！有个女生向你求婚你还不乐意啦？”安娜从黎江怀里脱出身来，故作生气状。

“行，就当我碰上了一个特殊个体。”黎江无可奈何地说。

安娜的脸上出现了久违的笑容。两人再次拥抱在一起，比任何一次都紧。

“我们要回地球了吗？什么时候回？”安娜问。

“你想什么时候回？”

“别太久，一个星期之后吧。”

这时候，一个很轻的脚步声慢慢向观星平台接近。它没有逃过黎江的耳朵。

他回头望了一眼，只见百里蔓妙也正在望着他们俩。

“百里蔓妙，有什么事吗？”他问。安娜也从他的臂弯里回首望去。

百里蔓妙赶忙笑笑，解释道：“没什么，只是林斐让我来通知你们，晚饭已经做好了。”

“谢谢了。我们一会儿就下去。”安娜感激地说。

她向他们礼貌地微微鞠了一躬，随后脚步轻快地顺着楼梯下去了。

“他们两个我都很讨厌。一个差点没电死我，另一个不敲门就进房间偷听。”黎江盯着那个通向仓库的旋转楼梯，说，“早知道当时不费那么大劲救他们了。”

“你还不是没敲门就进来了？不对，话说这里有门吗？”安娜不留面子地反驳道。

黎江被呛得哑口无言，只能尴尬地笑笑。

“不过，这会儿至少没有人看见了。”安娜说。黎江刚一转过头，安娜就吻上了他的唇……

一间黑暗的屋子里，一群人正在进行投票，只能看到一大片绿色的“Neptune”在空中漂浮着——显然某个决议通过了。

“好的。”依旧是赫里南主持会议，他脸上的皱纹看上去比以前更加密集了一点。话一说完，会议室的灯就亮起来了。一个蓝光平面投影了出来，显示这个决议全票通过。“在座的所有人都同意了《第19号地球‘巨行星化’方案》。我马上去请示上级。”

还是5分钟以后，赫里南从那个小隔间里头出来了，说道：“上级同意了我们的决议。按照方案内容，我们必须现在就开始进行准备，下面分配任务。”

赫里南打开了一面映着《第19号地球‘巨行星化’方案》的蓝光平面，说道：“白凌晚，你负责所有冷核聚变反应堆的调试工作，一旦有什么问题立刻上报。此外，你将与马修一起登上旗舰，科研部在战时临时归属情报部门管辖。明白？”

“明白。”白凌晚说。

“帕里斯·德·马修，你的任务就是主持战场的一切情报收集工作。”赫里南接着说，“你手下的人员一定要和科研部的人员紧密合作，战场是不能存在半点疏忽的。科研部会把数据上传，你们主要负责整理数据，然后上传至指挥层。明白？”

“明白。”马修说。他上任已经一年了，早就适应了这个职位。

“此外，这次任务的后勤重要得就像超光速飞行时的计算机。柳金琳，你所领导的后勤部一定要提前为此次行动准备充足的补给。目前我们的农业生产状况如何？”

“十分良好，新的高蛋白营养剂的生产流水线已投入生产，产量提高了很多。”柳金琳的声音依然铿锵有力，“足以保证供应此次任务且不间断。”

“别这么早就下定论。”赫里南说，“此次任务可能会遭到地球方面的强烈反抗，而且地球方面的科技水平总体不弱，他们可能会集中攻击我们的补给飞船，这个时候就需要在各大基地进行粮食分配。因此，战前我们就需要将一切考虑进去，为战时做准备。

“计算机方面，由古德里安·布莱恩负责，你手下的技术员必须升级现有的系统，改为适合战时使用，同时要防止对方的黑客入侵。”

“这点可以办到。”古德里安说。在上一次会议中他还是个中校，现在他成功成为了少将，“我们会让计算机病毒专家用各种病毒攻击新研制的系统，以此来测试。在此之前现有系统不会受到影响。”

“在对地球进行‘巨行星化’的任务中，最高指挥权交由赫尔纳斯·罗杰斯上将。”听到赫里南这样说后，飘在角落里的赫尔纳斯点了一下头。由于之前两次重大任务的“成功”，泽尔特地将他提拔至上将，现在他和赫里南平起平坐。在一年的时间里，他和赫尔南关系逐渐变暖。

“他将会带领我们赢得这一次的战争，我相信他会做的很好。我们有一周的时间准备，下周的这个时候，我们将会回到地球，执行我们一生中都在梦想的事情：地球将被‘巨行星化’。”赫里南说。

第十章 偶遇

“我要给他们当伴娘！”百里蔓妙兴奋地说。2053 年 2 月 27 日的这天，四人正要踏上去地球的旅程。她和林斐在他们的卧室里换装。只是，她兴奋地到处乱跑，把换衣服这件事情早就抛到了九霄云外。

“应该高兴的不是你。”林斐说着，把乱跑的百里蔓妙像抓小鸡一样一把拎到自己身边，强行把一件大红色外套套在了她身上，“所以你冷静一下。”

“看一对新人喜结连理总是令人高兴的嘛！”百里蔓妙说着，望向卧室通向仓库的那扇门。那头有一男一女，这里发生的事他们完全不知道。

林斐和百里蔓妙对视了一眼。

然后，林斐的眼睛往墙那边一斜，好像在说：“要不要看看他们在干吗？”

百里蔓妙也用眼神回答：“我求之不得呢！”

林斐随即点开了两个蓝光平面，在上面拨拉了两下，然后把其中一张置于百里蔓妙的眼前，就像 VR 眼镜的屏幕一样。在蓝光平面上的画面里，他们面前的墙壁不存在，黎江搂着安娜坐在仓库的墙根下。

“今天是一个好日子。”黎江说。

“是的。”安娜说。

“我是觉得，我们得办一次不一样的婚礼。”黎江说，“我们可以用战甲当作礼服。”

“嗯？”安娜疑惑地问。

黎江点开了一个蓝光平面，上面映出了两套带有类似于长袍后摆的战甲。

“我造了两套新战甲。我将其中之一命名为‘乌托邦’，另外一个叫做‘迎春雪’，正好一黑一白。”黎江指着蓝光平面说道，“我们可以穿着两套战甲出场，来一个惊艳的亮相。”

“想想就非常激动。”安娜说着，转移了话题，“你就对跟我结婚没有什么看法吗？”

“没有。”黎江实话实说，“我们在这个星球和月球上一起生活了一年零三个月了，我觉得我们两个之间的关系已经是类似于夫妻关系了。我同意去地球其实是因为我们两个之间的关系需要别人知晓。”

“如果……我们两个不回地球呢？”安娜调皮地问道。

“那我们就一直是未婚，在法律上，你在这里的居住行为也只能算借住。”黎江说。

“那你以为我会为了一个容身之处跟你结婚？”

“你不会这样做的。”黎江说着，他的隐形眼睛上突然跳出来一个警报，显示有人在监视他。

当百里蔓妙和林斐双双发现黎江的眼睛突然不偏不倚地转

而盯着蓝光平面这头的他们，仿佛墙壁真的不存在一样时，他们都心虚了。

黎江慢慢伸出左手，比了一个“手枪”的姿势，对准了他们。随后，两人眼前的蓝光平面就被强制关闭了。

“走吧，时间不早了，在中途还要跟快子岛方面进行磋商呢！”

“太阳系里不会又有什么事吧？”安娜的语气中带着一丝害怕，“不会回去又要打仗吧？”

“应该不会，”埃里森把黎江包住，意识贴合让黎江战栗了一下，“‘鳞甲号’报告说是近几天‘海王星’都不会有任何异常活动。”

“万一要是有呢？”

“那就把‘鳞甲号’处理了，我们自己来监视太阳系。”黎江漫不经心地说。

安娜满脸不相信：“你认为你能当好‘最高政府’？”

“总要去试一试的。”黎江说，“不去尝试怎么能知道这药苦不苦？”

与此同时，“海王星”方面正在集结兵力。

“木星总基地准备完毕。”无线电里传来木星方面的报告，随后是天王星和土星。待“尼普顿”基地确认无误后，马修说：“海王星总基地准备完毕。”

赫尔纳斯依旧坐在“川藤星”里的那把椅子上，面色平静，就好像他经常指挥2000多艘战舰一样，说道："全体战舰注意，设定路线，目标地球。"

随后，"海王星"组织的530艘"脉冲星"级战舰、200艘"红巨星"级战舰、770艘"黄矮星"级战舰、220多艘"红矮星"级冲锋舰、200艘"褐矮星"级激光反导舰、190艘"行星"级登陆补给舰，从各个巨行星周围的各个基地出发，陆续达到了超光速……

黎江、安娜、林斐、百里蔓妙以及铁匠、矮种马、精灵和仙人掌已经行进至月球的轨道上。他们在月球上看着地球，就好像一群小孩羡慕地看着桌子上的蓝色玻璃珠。地球的晨昏线将地球分成了两个圆滑的半圆，露出了一小部分的绿色陆地，黎江定睛细看，才看出来那是南美洲和北美洲。

"我们只是从人类群体中分离出去的几个人，我们真正的家应该在这里啊。"林斐说，"我们的祖先早已把我们的一切，烙上了地球的印记。"

"说真的，我还没去过中国呢！"黎江说，"虽然我说着中文，听着中文的那些歌，但是没有真正到过那里。"

百里蔓妙说："我父亲是中国人，母亲来自日本。我不记得我的生日了，反正两岁的时候我就到了'尼普顿'基地。现在想起来，要是回了强子岛，可能我还会见到我的弟弟妹妹。"

"我们理论上都是诈尸归来的。"黎江开玩笑说，"在量子岛上，只要5个月之内没有将失踪人口找回，那么他的户籍就会被注销，被视为死亡。”

“真想去见一下我妈妈，让她看看她一直视为珍宝的女儿重回家园的样子。”安娜说。就这一句话，让另外三个人激动不已的心情瞬间平静了下来——是的，除了黎江之外，那颗优美的蓝色行星上还有他们的家人。他们的激动只是表象，真正埋藏在他们心里的其实就是一份简简单单的思乡之情。

“我们先去快子岛吧。”黎江说着，向着地球飞去了。

就在这时，四人和地球之间突然多了一个障碍。“海王星”原本驻扎在木星的先头部队由于距离较近，率先到达。虽然只是先头部队，但是舰队的数量依然很庞大。只见一道道白色的闪光下，大得骇人的“脉冲星”级战舰纷纷把炮口对准了地球。他们四个人都被这庞大的阵势惊呆了，没有想到回个地球竟然还能遇上一场战斗。

黎江立即感觉到情况不对，马上将自己战甲的通讯频道接入“海王星”系统，然后顺利黑入了古德里安费了老大精力试验的新的“反黑客”战时通讯系统，监听到了那些战舰之间的通讯：

“木星舰队旗舰到达。”

“报告旗舰，木星舰队集结完毕。”

“形成阵型，准备接应土星舰队。”

“埃里森，”黎江说，“将这些信息与向日葵、冷湖和灵蝶共享，不要断。”然后，他对其他人说：“各位，看来我们来得正好，我们预想到的最糟的情况似乎已经到来了，‘海王星’

就要在这个时候对地球开展行动了。”

“真巧。”林斐和百里蔓妙异口同声说。

“不是说好不会有事了吗？”安娜不敢置信地问黎江，后者答道：“我早该料到这一点的，‘鳞甲号’跟我们不是一伙，它完全可以对我们隐瞒事实。可能现在超子群岛的某个岛超过了它所规定的科技阈值，它才会怂恿‘海王星’去‘巨行星化’地球。”

黎江心中后悔到痛，每一艘遮住太阳光辉的战舰都是一座阻挡他回家的大山，就好像洄游的鱼遇到了大坝。明明家乡触手可及，但是又回不去——这些人是来毁灭地球的。

“说了那么多次，‘巨行星化’到底是什么意思啊？”安娜歇斯底里地问。

“是消灭所有不居住在超大型气体行星表面或轨道上的人类。”百里蔓妙回答，“这是‘海王星’的最高奋斗目标。”

“现在太阳系里唯一符合他们标准的目标就是地球上的人类了。”林斐说。

“我们现在该怎么办？”百里蔓妙害怕地说。

“这个时候不要去询问别人怎么办，要问问自己该怎么办。”黎江冷静地说，“我们上去跟他们打！埃里森，有多少套王甲处于备战状态？”

“所有的。”

“全部召回。”黎江说，“地球正处于危难之际，我们可不能隐瞒实力。回家也是需要努力的，我们没有来得及准备，现在处于劣势。目前我们唯一能够采取的办法就是把旗舰炸毁。”

“想要把‘脉冲星’级战舰炸掉，可不是一件简单的事情。”林斐提醒道，“我们需要一种大型的、破坏力极强的爆炸物。”

“我正好有。”黎江说。

“辐射弹？”安娜说，“那玩意没有爆炸效果的啊！”

“不是辐射弹，是你来到月球时带来的快子引擎。”黎江说，“你们帮我牵引敌人的火力，然后找出他们的旗舰，我来把它炸掉。”

“土星舰队已到达。”

有了冷核聚变反应炉，“海王星”这一年来发展迅速，不仅工业得到了发展，超光速传输方面也是突飞猛进，“海王星”的舰队在太阳系中已经可以来去自如了。

“‘脉冲星’级的‘固城星’号战舰系统设备自检完成，无任何异常。”柳金琳悬浮在巨大的冷核聚变反应炉前，对着蓝光平面向舰长报告。她在此次任务中隶属于土星舰队。当报告完成时，她看着面前这个直径长达 10 米的圆环状反应炉，心里不禁又涌出黎江的脸……

“黎江已经死了。”柳金琳对自己说，“他是个无恶不作的罪犯、‘海王星’的叛徒，任何人都不可能饶过他。”

“柳金琳，你在哪？”舰长的头像出现在了蓝光平面上，“冷却水机舱那边出了点事，需要你去看一下。”

“哦，好的，我马上去。”柳金琳被粗暴地拉回现实，心有不甘。在去故障地点的路上，柳金琳仍然在思考：“如果不是因为黎江，‘海王星’还有今天吗？”

柳金琳在之前和黎江有过一段很暧昧的时期，那是她的初恋——只不过当黎江逃走，“海王星”对他全面通缉的时候，这段关系就断了。那时候，对她仰慕已久的赫尔纳斯·罗杰斯跑来向她求爱，在无奈之下，柳金琳只得同意。决定和赫尔纳斯在一起的时候，柳金琳心里其实是愧对黎江的，她也保不准黎江什么时候会回来。

赫尔纳斯其实跟黎江是老朋友，在朋友出逃后，赫尔纳斯便向柳金琳求婚，并没有太多的犹豫。原本想着黎江是回不来了的，结果却是黎江6次出入“尼普顿”基地都没有任何障碍，这让他自己有点慌了。

不过现在，黎江已经死了一年了……

“黎江，你大概需要多久？”林斐问道。此时他正和安娜、百里蔓妙一起逐渐靠近舰队。

“应该不会很久。”黎江正在月球北极上空巡航，找寻着那熟悉的地点——一个小小的陨石坑。

“在那！”埃里森说着，在黎江的隐形眼镜上标示出了月球基地的位置。

“啊哈！”黎江兴奋地大喊，随即俯冲下。地面越来越近，但他丝毫没有减速——他的心情太激动了。直到高度警报响起，黎江才反推减速，即使减速时好像有人从顶上压着他一样，他还是难以抑制自己的心情。最终，黎江立在了月球表面，卷起了一圈灰尘。

那个冰箱大小的入口依然在原地——上次“海王星”袭击他的时候，黎江正在月球轨道上，舰载机并没有来这里，所以这里还保持着原样。

来到厨房，进入仓库，只见仓库的墙上所有本应该紧闭的门现在都敞开了，好像某些东西直接破门而出，飞出了天花板。地上，还留存着安娜来时的飞行器，飞行器早已经被“开膛破肚”了，快子引擎那个方盒子仍然放在地上。这里就像他的家——这里可是黎江离地球最近的基地啊！

“我一定会回到地球的！”黎江暗自说，拳头攥得紧紧的，“安娜仍然寄希望于我呢。”

“你可不能让她失望。”眼镜将这一行字显出来，吓了黎江一跳。

“好，眼镜，检测出快子引擎的最不稳定状态，将步骤显示出来。”黎江说。

“那需要大量的能量输入。”埃里森提醒道，“飞行器里的电池早已经坏了。”

“我房间里不是有一堆能量源吗？”说着，黎江打开房间门，从床底下扒拉出来了一个托卡马克装置，又从抽屉里翻出一卷电线。

“这个装置只有一点燃料。”埃里森说。

“当然只有一点，不过这点氢足够了。”黎江说着带着他搜罗来的材料来到仓库。

“黎江君，你那边怎么样？我们要开始打了。”百里蔓妙说。

“我这里需要两分钟，要把这个快子引擎通好电。”黎江说。

“天王星舰队到达。”

“收到。请组成队列为海王星舰队做准备。舰队各方面自检何时能完成？”

“两分钟。”

“知道了，土星舰队已经自检完毕，请尽快。”

“黎江，现在我们开始搞破坏了。”林斐说，“我已经调来了一个辐射弹，准备开始进行一个小范围干扰。”

“开始吧，我这里会尽快的。”黎江说着把一个接头插进了快子引擎里，它随即开始发出红色的光，显然某些部位危险地过热了。

林斐得到了肯定的答复，马上启动了辐射弹，后者猛然发出蓝光，在众多的巨型战舰中它显得格外引人注目。强大的电磁脉冲已经使它周遭的数百艘超级战舰失去动力和控制，整个天王星舰队以及一部分土星舰队的战舰之间立刻失去通信——其中就包括土星舰队的“固城星”号。

柳金琳所在的走廊突然之间失去了照明，她一下子就陷入了深不可测的黑暗之中。她先是觉得可能“固城星”号又出什么故障了，但是随后周围的一些声音使另一种情况的可能性急剧上升：

“黎江又回来了吗？”

“不可能！他不是早就死了吗？”

“可是这明显是他的辐射弹！”

柳金琳凭借自己的记忆，踹墙飘到了离她最近的一扇舷窗边，勉强挤过那些想要尽力向前靠的人，看见了这样一幅景象：

离“固城星”号最近的一艘战舰是“红巨星”级的“毕宿五”号，它的一侧已经被炫目的蓝光完全照亮——由此可知，光源应该处于“固城星”号的另一侧。柳金琳不敢确定这是不是辐射弹的光，但紧接着有一样东西的出现让她以及周围的人倒吸一口冷气——

向日葵戏剧性地正好停在了离舷窗不远的地方。“林斐君，我还真不知道‘海王星’又造了这么多飞船呢。”

冷湖飞到向日葵身边，“那当然，冷核聚变的力量就是这么强大……哦，看看我发现了谁？”

冷湖的面罩上显示出了“固城星”号的表面局部放大图，只见一扇舷窗之后，一张熟悉的面孔凸显出来。

柳金琳听不到林斐二人的谈话，但是她可以隐隐感觉到，那两只头盔下一定有两对眼睛注视着“固城星”号的这个舷窗……所以当那一蓝一黄两套战甲飞到舷窗前，而其他人都在争相逃离的时候，她还是呆呆地浮在原地。

“这不是柳金琳吗？”林斐说着，打开冷湖的识别系统，结果面前人的脸孔与柳金琳匹配相成功。

“她现在听不到我们讲话。”百里蔓妙说。

“你想要跟她交流吗？”林斐问。

“她毕竟是我闺蜜啊！”百里蔓妙说，“讲会儿话不行吗？”

“你可以给她发信息，但是她回复不了。”林斐说着，接管了向日葵，向日葵双肩上各掀起一盏小灯，共同投射在舷窗上。

“你说吧，系统可以把信息打上去。”林斐说。

“柳金琳，我是百里蔓妙……”百里蔓妙说道。

安娜快速地在各艘战舰之间穿梭，寻找看着像是旗舰的“嫌疑战舰”。

“黎江，我好像找到了……哦，这艘不是……”安娜说，“这些东西怎么长得都差不多啊？”

“我没办法攻破泽尔的独立个人系统，安娜。”黎江耐心地说，同时重重地拍了一下快子引擎——那玩意之前发出的声音颇像一只座头鲸。“因此我不知道太多关于旗舰的信息，我只知道旗舰有着白色涂装。除此之外，你可以看看仪表盘，旗舰与其他舰之间的通讯是最频繁的，你可以通过电磁信号的强度来找……”

“这两点都不行——辐射弹的光和电磁干扰都非常强烈，我几乎什么也认不出来。”

“继续找，安娜。我相信你。”黎江说。

“不是还有一个舰队没有到吗？”安娜问道，“旗舰会不会在那个舰队里呢？”

“这也不是不可能。”黎江不置可否地说，“那么你得小心点，有很多战舰的武器系统没有失灵。”

“你到底什么时候来找我啊？”安娜急迫地问。

“我还有一点事情要做。”黎江用手上的反应炉把一个铁管对半切开，“这东西搁置了这么久，有些部件必须更换。”

“那我再去找找他们俩……”安娜说，“林斐？百里蔓妙？能听到吗？”

“哎，怎么了？”林斐答道。

“你们在干吗？”

“我们在跟人聊天。”林斐说。

“什……什么？”安娜和黎江大声问道。

“我们在和柳金琳聊天。”林斐说。

“柳金琳？”黎江说，“她在哪？”

“黎江，你倒是收敛一点，”百里蔓妙开玩笑似的谴责道，“安娜知道了会吃醋的。”

“怎么回事？”安娜还没说完，林斐就大叫道：“百里蔓妙，你把它打上去了！”

在“固城星”号的那面舷窗上，向日葵肩上的两盏小灯组成的一个简易投影仪投出来了一行字：“黎江，你倒是收敛一点，安娜知道了会吃醋的。”

“安娜是谁？”柳金琳疑惑地想。

林斐和百里蔓妙对视了一眼，都感觉不适合再待在这里，于是立刻匆匆地离开了“固城星”号，心里无比尴尬。

“黎江，那个‘柳金琳’是谁？”安娜问。

“是我的前女友。”黎江毫不避讳地说，“她现在是赫尔纳斯的妻子。”

“这么说来，我还想去跟她会一会呢。”

“不要废话了！还是赶快找吧，我这里已经完工了。”黎江说着，抱着快子引擎从仓库敞开的天花板飞了出去，“我们现在可是要干正事的哦……”

“黎江！”林斐大声地说，声音显得非常激动，“海王星舰队来了！”

“赫尔纳斯·罗杰斯上将将接管四大舰队的指挥权。”马修说。

“各艘战舰请注意，预留32号通讯频段交流，请尽快完成……”赫尔纳斯话都没有说完，目光就被一个东西吸引住了，“这是什么？”

只见土星舰队密密麻麻的战舰集群中有辐射状的蓝光射出，这个情景让他想起了辐射弹。

海王星舰队里的每个人都懵了——黎江不是已经死了吗？

不过，辐射弹的威力在每一个见证了黎江逃跑并留在“尼普顿”基地里的人心中烙下了烙印：基地停电、通信阻断、断水断气……这个世界上还有什么比生不如死更恐怖的呢？

“联系土星舰队！”赫尔纳斯大声说。

“土星舰队没有任何反应，他们的战舰均处于停电状态，通信已经被切断了！”一个通信员报告说。

“我的部下给我传来一组图片。”马修说着，飘到赫尔纳斯身边点开了蓝光平面：在蓝色的底板上面有一个鬼魅般的黑影，通过图片不难看出——这不是正常人，因为他全黑的右手上居然还有一个蓝色的圆环！

“另一张是雷达波图。”马修又点开另一面蓝光平面，上面显示了一组折线，“这完全可以证明，那个人形的物体，它的表面是金属质地。”

“黎江？”赫尔纳斯说出了他最不愿意听到的人名，“他不是早就已经死了吗？”

“是啊。”马修说，“难不成‘鳞甲号’提供给我们的情报有误？”

“黎江，我找到旗舰了。”安娜说着，望向了那艘刚到达的“川藤星”号，“真的是在海王星舰队里。”

“发图片给我，我来看看是哪一艘。”黎江说。随后他就收到了紫罗兰发来的一组照片：炫目的白色涂装、全副武装的炮塔，还有电磁检测的报告，显示这艘战舰与其他战舰之间的联系非常频繁，证明了这艘舰就是旗舰。

“卫星，结合紫罗兰现在的位置，参考这些图片，锁定这艘战舰，并实时发送它的位置信息给我。”黎江说，“我得去把这玩意炸了。”

他的隐形眼睛上马上出现了安娜的图片和卫星图的对比，

结果显示两舰一致后，它的坐标显示在眼镜右上角。

“林斐，辐射弹还能支持多长时间？”黎江问道。

“9分钟。但在这期间很容易被没有干扰到的那些飞船攻击。”

“再来一个辐射弹的话，我们的战甲通信与运作也会有问题的！”百里蔓妙说。

“既然知道旗舰是哪艘了，我这就去把它干掉。林斐，你来联系一下地球方面。”黎江穿过一艘艘停电的庞然大物——它们就像搁浅在沙滩上的鲸鱼——抱着快子引擎，向着海王星舰队的方向靠近。

“地球方面？”

“单凭我们的力量是不足以对抗‘海王星’，即使有王甲也是有点悬。”黎江答道，“我们需要通知超子群岛。”

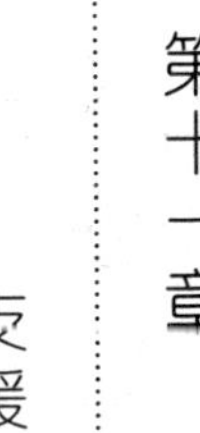

第十一章 支援

一个英俊的青年急急忙忙跑进了一个看似监控室的地方，这里的各种大大小小的屏幕让人眼花缭乱——这是孙豫晗的个人监控室，他现在是量子岛的最高执行长官。

“沈岳，你来了？”孙豫晗虽然一头白发，但是精神十足。

“老师，我得给你看一样东西。”沈岳说着，走到墙边点开一个蓝光平面，只见上面写着：

“量子岛，你们这两天一定也发现了近地轨道有些异常，这是因为一个长期存在于海王星轨道上的武装组织来向地球进攻了。我是林斐，我们现在拖住了他们，但是因为我们的力量过于薄弱，考虑到你们是人类文明科技中最先进的一支，我特地发送此消息请求援助。”

“这是真的吗？”沈岳问道，“近地轨道有什么异常吗？”

孙豫晗把视线转向那些屏幕，说：“早上 4 点的时候，量子西区天文台发现近地轨道多出来了许多亮点，随后这些亮点中间出现了一个光源，映出了它的全貌。”孙豫晗把那幅图片放到其中的一块屏幕上：一块巨大的黑影周身散发着蓝色的光晕——与其说是“散发”，倒不如说是“凌日”，这是某个东西遮住了光源而形成的黑影。

“这玩意儿是真实存在的吗？”沈岳问。

“是的，而且它真的是一艘太空船。”孙豫晗越来越按捺不住自己的语气，“可能我们必须军事介入了。但是为了安全起见，还是先让卫星侦察一下吧。”

“那我这就去联系飞控中心。”沈岳说着，拉开了门。

“顺便，”孙豫晗叫住了他，“让太空军进入最高戒备，随时准备出击，还有，给我带杯茶。”

位于量子岛量子北区的量子岛飞控中心里，成群结队的工作人员正对着一堆堆的数据、曲线和地图指手画脚。

历史仿佛再次重演——沈岳冲进了飞控中心，就像他的前辈林枋书一样。

“目前我们能够用的轨道观测卫星有多少个？”沈岳问。

“有数百个，大部分是用来检测气压的科研用卫星。”他的女友云嫣跑来跟他通报。

“还有太空望远镜！”沈岳说着在空中划开一个蓝光平面，调出一个球状的卫星图片，“ST7800 号太空望远镜！”

“那东西已经待机两年了，能不能重新联机都是个问题。”一位负责卫星工作的部门主管说。

“但那是唯一一个能够适应近距离轨道观察的地球同步望远镜了，其他望远镜都是用来观测深空的，没办法同步……我说的没错吧？”

那人点了点头，无奈地说：“我们只好试一下了。”

“拍过来的东西放到这个网址上。”沈岳在蓝光平面上留下一个链接，那是孙豫晗的个人监控室的网络端。

“您收到了吗？”沈岳再一次跑进监控室。孙豫晗没有转头，而是一直在看 ST7800 号太空望远镜实时传回来的图像。

“这是现场直播。”孙豫晗说。

由于角度的问题，这些战舰看上去好像一根根要从下往上把地球扎穿的刺。一艘战舰阻挡住了辐射弹发出的强烈的光，让望远镜得以看清楚这个地方的其他情况。只见宇宙的黑色拼图板上好像少了那么一块，因为那里的行星都被黑压压的战舰阻挡住了。在远处，似乎还有一些光电在闪烁——孙豫晗也注意到了，于是他把画面上的那一部分高倍放大，画面依然很清晰——那里有战舰正在开火。但是他们的目标是谁，不知是由于体型太小的关系还是什么其他的原因，画面上不太清楚，只能看见一个小黑点模糊地掠过战舰的灯前。

孙豫晗看到这里脸色瞬间拉了下来，对沈岳说：“立马下达命令，全岛戒严，安全等级提升至最高，太空军所有兵力待命。派两架战斗机赶往目标点位置侦察，假如是对方先开了第一枪，待命部队立刻反攻；此外，让通信组尽快联系上那个跟我们发信息的人！”

“林斐！”黎江大声喊道。此时他正在另外四人的火力掩护下试图进入“川藤星”号。“你查看一下我们各路人马的状况，看看他们来了没有。”

“有一队快要来了！”林斐说着，避开一艘战舰，回手一道激光就将它的表面烧成红炽。“是‘南门二β’星的战甲，还有20秒到达！”

与此同时，“川藤星”号上也是紧张到让人手足无措的状态。不停地有人大声地向其他人询问着什么。赫尔纳斯·罗杰斯焦急地望着屏幕，看着那一个小人越来越近，他终于按捺不住了：“各单位注意，所有火力集中到那个上面。”他指着指挥室大屏幕上的黎江的战甲，随后一个光圈锁定了它。

“武器准备完毕。”

“给我打！”赫尔纳斯大声说。

就在战舰火力突然消停了的那一刹那，黎江预感到即将有什么大事发生，背后出了一身冷汗——就在这一段停止的时间里，所有武器都瞄准并锁定了黎江。

“兵力到达。”林斐说道。一瞬间，黎江能看到的地方全被他的战甲覆盖了。无数反应炉的光芒好像代替了宇宙中的星星，无数反射着太阳光而金光闪闪的甲片形成了一副震撼的图画。“川藤星”号的火控系统一下就被众多的高密度的相似目标弄得晕头转向，失灵了。

“全员注意，掩护我进入‘川藤星’号。”黎江说。接着他就在众多战甲的掩护下快速地接近“海王星”此次行动的旗舰。

“川藤星”号的指挥室里此时乱成了一锅粥。赫尔纳斯极力地劝阻所有陷入绝望的人，让他们听从自己的指挥，可是似乎没有人的耳洞是开的。最后他迫不得已，打开蓝光平面，按下了警报器。强劲的啸叫把所有飘飞的灵魂拉回了“川藤星”号的指挥室。

“所有人，听我说。”赫尔纳斯说，整个指挥室瞬间安静下来，“我们可以舍弃这艘旗舰转移到其他地方，但是在这之前什么都不做，这就是逃兵。撤退和逃跑的区别就在这里！马修，你叫人把所有的逃生舱激活，并让所有舰内警卫队武装起来。发布紧急广播，让所有武器系统完好，具有作战能力的战舰马上支援‘川藤星’号！”

“黎江，注意你的 5 点钟方向。”百里蔓妙说。一架战机吐着火，加速赶上了黎江。黎江则迅速拐到一边，趁机绕到了战机后方，安娜也迅速地包抄过来，切掉了战机的尾喷口。

“川藤星”号越来越近了。它的表面密密麻麻布满了各种太空武器，面对地球的那一侧还能看到几个黑黢黢的发射管镶嵌在船舷。目前“川藤星”号的雷达系统还没有适应追踪战甲这种小目标，激光武器总是打偏，所以防御的主力是舰载机和导弹。但时间拖得愈久，雷达系统适应得愈好。

“川藤星”号附近空域的空战进入白热化，双方僵持不下，黎江也没有突围成功，反而战甲一套接一套地被摧毁，四人在强大的火力压制下陷入被动。

就在这时，“茶杯星”号激光反导舰伴随快子的光爆前来支援“川藤星”号。虽然在身型上前者还不到后者的一半，但是它的雷达系统适应性更好，激光武器的配置更多、更好——毕竟它是“专业”打击导弹这种小型物体的，战甲正合它的口味。

它脱离超光速的地方位于“川藤星”号的右后方，刚好把所有战甲的排兵布阵、辗转腾挪尽收眼底。四人发现有力量前来支援时，已经太晚了。

此时在黎江眼中，“茶杯星”号是宇宙中最亮的东西——无数转瞬即逝的激光束打在了周围的战甲上，后者化为了一朵朵绚烂的烟花，冷核聚变反应堆的能量让战甲化为无数钢水，迸溅着、红炽着，以“美丽”的形式结束了一生。钢水“呲呲啦啦”地打在黎江的战甲上，爆炸给予的动能让它们极具破坏力，不仅埃里森的表面被打出许多凹坑，黎江的面罩也被凝固后的金属覆盖，什么都看不到了，只能把摄像机照到的画面投影在内壁充当眼睛。几道裂纹让面罩看上去岌岌可危。如果在战甲群里待久了，四人连小命估计都难保，此刻，飞溅的液滴到处都是，封住了黎江的冷核聚变反应堆喷口，和他唯一的逃生机会……

突然，黎江左前偏上方的战甲“墨囊”，被激光击中胸口位置。一切都像慢动作——红色的火焰拖着白色的烟雾向四面八方刺去，一颗乒乓球那么大的亮晶晶的红炽的液珠则从爆炸的中心冲了出来，带出了一条淡淡的白色烟迹。它径直冲向黎江，并击中了他抱着的快子引擎。

那是一声无法描述的巨响，黎江的耳朵还没将它听完就罢工了，他甚至都来不及感觉耳鸣——由于战甲在离快子引擎很近的地方，巨大的冲击力直接作用在了战甲上。黎江只感觉胸口一紧，便失去了意识。载着黎江的埃里森在失重状态下飘摇摆转，以极快的速度不受控制地被抛向那些仍处于辐射弹辐射控制之下的舰群……

屠杀仍在进行，战甲们无处可藏，仍然幸存的战甲多数被液滴锁死不能动弹，少部分，包括林斐、百里蔓妙和安娜所穿的战甲及时飞到了“茶杯星”号的射程之外。那里，雷达对这种小目标的准确度已经不足以引导激光武器了。

2800万套战甲在不到三分钟之内被打得干干净净，只有少数被打散。三分钟之前战甲群所在的地方现在是一片细碎金属构成的尘埃带，在阳光的照射下，少数稍大的颗粒不时反射着微光，仿佛一层奇异的云，拦在了幸存者和“川藤星”号之间，也拦在了游子与家之间。

“我们在这里暂时是安全的。”林斐说着，忐忑地看了一眼远处的“茶杯星”号，又回过头看着身后的百里蔓妙、安娜和剩余的大约20套战甲，马上意识到了不对劲。

“黎江呢？”他问。

安娜回过头去，只看到25套战甲，但埃里森不在其中。

“埃里森失联了。我们联系不上它。”精灵报告道。

一片静默。

“我还能接收到老大假肢的信号，老大还活着，我们可以去……”矮种马激动地说道。

“不要去找他。”安娜轻轻地说，百里蔓妙和林斐向她投来惊讶的目光，“还有不到 1 分钟辐射弹就失效了。战舰的武器系统肯定会在我们找到他之前重启。那个时候，找不找得到他都是一样的结果了。”

百里蔓妙叹了一口气：“也是。我们去炸了旗舰吧，也算完成黎江君未了的心愿。”

那团幽幽的蓝光闪了两闪，消失了。没有这强烈的光芒，对于舰群里的人们来说，宇宙终于黑了下来。

木星、土星和天王星舰队所有的停摆战舰开始有条不紊地进行系统重启，仿佛一群被催眠的战士，正在伸着懒腰，打着哈欠，重新拿起武器。

“固城星”号上，照明系统刚刚恢复，空气循环系统也“嗡嗡”地运转了起来。重新焕发生机的战舰点燃了柳金琳的希望。她此时正在左船舷一个气闸舱旁的机箱前忙碌着，试图让最重要的舰只损伤控制系统恢复运转。

这时传来“轰”的一声巨响，她身旁的气闸舱爆炸了。慌乱中抓住墙上栏杆的动作救了柳金琳一命。空气迅速流出，她感觉自己马上就要被吸出舱外了。如果不把损伤控制系统弄好，“固城星”号将因为这一个缺口变成一艘窒息的死舰。她艰难地用一只手抓住栏杆，另一只手拨弄着机箱内的线缆。她和线缆都在混乱的气流中胡乱摇摆，急速下降的气温让她的关节僵硬，缺氧导致她昏昏欲睡而且腹部鼓大，氮气气泡造成的“低压症”使柳金琳连弯曲手指都疼痛难忍，动作的难度可想而知。

不过，随着“咔嗒”一声，她还是成功办到了。厚重的防爆门“轰隆”一下盖住了墙上的窟窿，气流不再逸出，战舰开始充压。柳金琳终于松开了把手，大口呼吸起充入的新鲜空气，就像从来没有呼吸过一样。

不过待气息渐渐恢复正常，她开始检查是什么导致了这场灾难。沿着气闸舱原来舱口所指的方向望去，走廊尽头的墙上，竟然镶嵌着一套战甲！

带着极度震惊、恐惧和不安，柳金琳飘了过去。墙面被破坏得很严重，可见战甲撞破气闸舱后的速度依然很快。那套战甲背对着她，残破不全，许多甲片因为撞击而丢失。破损的甲胄之下，竟还隐隐露出了黑色的衣摆！

难不成……

她小心翼翼地把右手伸进战甲肩膀与墙体之间的缝隙，左手探进它的腰间，蹬住墙，十指用力，“噼噼啪啪”几声响，战甲前后分家了，胸甲、面罩还深嵌在墙里，背甲则像薯片一样脆弱地崩裂了，里面的乘客滚了出来。

是黎江。虽然他耳边带血、昏迷不醒，但还是让柳金琳吃了一惊。他看起来伤得很重，如果不进行治疗，可能他马上就会在自己手里殒命；如果被人发现她救治了黎江，会被“海王星”视为黎江的同伙，可能会受到和林斐一样严厉的惩罚。

但他现在毫无威胁，躺在柳金琳怀里，脆弱得像个孩子。

多少年前，她也这样躺在他的怀里，笑着，幸福着，沉浸着……

两架量子岛的冷核聚变战斗机升到了8000千米的高空，它们此次的主要任务不是攻击而是侦察获取情报。它们的飞行员是格尔勒和李安泰。

“我的天哪。”李安泰看见了壮观的舰群，惊叹道。

“保持警惕，跟在我的侧翼，有什么情况及时汇报。”格尔勒说。他格外小心翼翼，因为看样子，他们面前的这些庞然大物可不是好惹的。

两架战机缓缓靠近一艘“脉冲星”级战舰，它仿佛是一头沉睡的巨鲸。两个驾驶员被它表面的复杂机械结构所震撼，但也生怕把它惊醒。“我们现在靠近了这些东西，飞控中心，他们确实是有备而来。”格尔勒说。

“这些东西很像大炮啊，只不过和我们以前所认识的炮不一样……”李安泰仔细端详着这艘战舰表面上的一门宇宙能源射线炮，然后惊恐地发现它的炮管渐渐变成了绿色。“战术规避！”他大叫道，随即他和格尔勒的飞机灵活转向，避开了那一道擦过他们机翼的危险的宇宙能源射线。

“注意右上方。”李安泰提醒格尔勒。又有一门宇宙能源炮向他们开火了，要不是格尔勒及时地躲避，那道射线就要把战斗机对半切开了。

“撤退，”格尔勒说，“退到他们的射程之外。”

两人的座舱里立刻涌出一大股深海液，把两位飞行员通体包住。不到两秒，深海液就充满了整个座舱。格尔勒和李安泰也不含糊，马上将控制杆推到了底，喷口的蓝色火焰拖得老长，将两架战机以 10 倍音速推到了 6800 米远的地方，这一切只用了短短两秒。

量子北区飞控中心里，孙豫晗愤怒地拍了一下桌子，身旁的钢笔跳得老高。

“他们真的来搞事情了。”孙豫晗说，“太空军和空军的准备情况如何？”

“已经准备就绪。”沈岳说。

“出发！”孙豫晗说，“得让他们尝尝我们的厉害。”

飞控中心的大屏幕上立刻切换到了量子军港，只见一枚枚火箭从海中窜出来，就像潜射巡航导弹一样升空了；同时，在远处有几条明显的、白色的痕迹——那是冷核聚变战斗机喷出的热量使水变成水蒸气，接着又冷凝形成的；此外还有反重力战斗机，只不过它们飞行时无声、迅速、不会留下痕迹。

太空中，李安泰和格尔勒的战斗机得到指示：暂停开火，释放电磁信标为其它战机引路。

“好，跟在我的侧翼，有异常提醒我，我来释放信标。”格尔勒说着，往刚才那艘向他们射击的战舰驶去……

“小心，有东西在你的 10 点钟方向，是战机！”李安泰说。

“用一个‘雷球’解决。”格尔勒指示道。然后他拨动了发射电磁信标的保险栓。李安泰也把深海液调成了透明模式。随即，一枚导弹拖着白色的烟尾冲向了向他们驶来的战斗机群。后者显然察觉到了有导弹来袭，迅速分成几个小队，试图避开它。

然而那可不是普通的导弹，它是经过改良的球状闪电触发弹。导弹上的火控系统锁定了几个目标密集区域，然后只见电光一闪，整个“脉冲星”级战舰的表面被照得白花花的，许多战舰表面上的凸起形成了黑色的影子——一颗球状闪电触发弹同时触发了四个球状闪电！

那四个小光球径直蹿向它们各自的目标，“海王星”的战机显然反应没有那么迅速，它们爆炸时的光马上就淹没在了球状闪电那无穷的光芒中。

格尔勒就在这期间发射了信标，由于光线太强，他很难看到导弹是否碰到那艘太空战舰，只能通过屏幕上的数据来确认。

“打击成功，立刻远离这里。”格尔勒命令道。

“我们必须找到掩护！要是那艘反导舰飞到我们附近，我们就都完了！”林斐说。

“太空这种开阔空间，怎么会有掩护啊！”百里蔓妙四处望了望。

“不如我们飞到离它极近的地方？”安娜建议道。

林斐恍然大悟似地说道：“对！激光反导舰的雷达系统有一个盲区！在距舰首正前方20米处。为了配合体系作战，激光反导舰的设计上没有考虑到近空防御的问题。我们可以待在那儿，等到救兵来临。”

“救兵？”

“王甲正在集结。”林斐解释道。

黎江的眼皮仿佛有千钧重，睁开它们仿佛就用尽了他所有的力气。视线渐渐清晰后，柳金琳的脸从一片模糊的光影中浮现出来。

“你醒啦？”她的脸离黎江不远，些许发丝甚至抚过了黎江的脸颊。

“我这是在？”黎江发现自己被固定在舱室墙壁上，便抬了抬手，确认了这里是无重力的环境——好歹自己还在太空里，他真的怕“海王星”已经占领地球了。

“‘固城星’号。”她推了一下舱壁，以借力让自己离开，“我们第一次约会的地方。”

“我为什么会在这？”

“是你从气闸舱撞进来的，差点没害死我。”她在对面墙壁的柜子里忙活着什么。这里应该不是医疗仓，但是这里的医疗设备也很齐全，空气中弥漫着一股医院特有的味道。

“是吗？那可真巧。”黎江说着弯起胳膊去解固定他肩膀的带子，但他刚苏醒，手不够有力，失败了。

“先别想着走。”柳金琳转过身，把一个玻璃药瓶推向黎江。瓶子在空中晃晃悠悠地从房间这头飘到那头，被黎江握进了手中，“既然你手臂不疼了，把这个喝了吧。”

“为什么救我？这不是犯法的吗？”黎江突然想起来。

“如果我想害你，你就没有睁开眼睛和我说话的机会了。”柳金琳又从柜子里取出一个看着像消毒灯似的仪器，踢了一下柜门，回到黎江身边，“我费了很大劲把我能找到的战甲碎片都带过来了。为了不让你被人发现，我还窃取了这个战时不能被起用的医生俱乐部的密码。”

说着，她拨了一下那仪器的开关，它表面的一串小灯亮了。她把这东西在他胸口上方来回扫了两遍，黎江立刻感觉胸腔内产生一股暖意。

“你的耳膜完全震破了，”她专注地盯着手上的活，脸上带着黎江读不懂的笑容，“肋骨也断了两根。克隆耳膜还在适应你的身体，我在替你催生以便连接断骨——听到我说的了吗？把药喝了。”

黎江于是撬开瓶盖，把瓶口对着嘴抖了几下，但是没有液体进到口腔。这是失重环境，瓶里的药液只是晃了几晃，仍然扒住瓶子不肯离开。

柳金琳“哈哈”地笑了几声：“我的错，忘了给你吸管了。”

在她翻身去找吸管时，黎江向左望去，只见破破烂烂的埃里森被带子固定在一个手术台上。

“启动埃里森。”黎江默念道。

“埃里森的冷核聚变反应堆由于故障无法重启。”黎江的隐形眼镜上显示出文字。

“每个反应堆都试一遍！必须要有动力！”

柳金琳便在一边的柜子里翻找着，一边念叨着：“在哪呢？我记得好像在哪看到过。”黎江焦急地盯着那满身裂纹，颇似一具死尸一样的战甲，希望它能尽快“复活”。

“找到了！”柳金琳把一堆瓶瓶罐罐塞回柜子里，捏着一根吸管回来了。

黎江无奈，只能转过头来接过吸管，开始吸瓶子里的药。

看着药液顺着吸管上升，她似乎终于满意了，说道：“你的身体还没有完全恢复，你需要在这里留到战斗结束。”

“我不能留那么久！”

“这不是你说了算。”她望着他，恬静又调皮地笑着。

黎江也看着她，眼神慢慢变得惊讶。

“你想囚禁我？”他将信将疑地举起食指，问道。

“也不是我想。”柳金琳轻快地说，“如果你想出去，也不是不行。只是所有战舰已经重新启动，‘固城星’号的保安很快会发现你的存在，你还不是在劫难逃？出去有什么好的？”

这时，隐形眼镜上传来了一个好消息：“战甲左腿、右臂和背部总计四台反应炉已经成功重启，预热需要一分钟。”

“难道说，有什么人在等着你出去？”柳金琳目光狡黠。此时黎江感觉她颇像一只老狐狸。

没等黎江回答，柳金琳就摸了摸下巴，说道：“哦，我想起来了，百里蔓妙好像对我说过啊。安娜是谁？”

“我的未婚妻。”黎江毫不避讳地回答。

柳金琳的眼神瞬间就变了。那是一种很复杂的眼神，震惊、不安、悲伤，还有愤怒和无奈。她看了黎江一眼，就转身看向别处，好像要回避这个事实似的。她的长发凌乱地飘起来，遮挡住了她的面庞。

“反应炉已进入正常工作模式。”眼镜上显示出一行字。

“断开头盔与颈部的连接组件。”黎江无声地下令道。此时气氛十分紧张。他不知道她在想什么，这是最危险的。

“啪”的一声，黎江吓了一跳。他生怕这时惊动柳金琳，导致自己的努力功亏一篑。还好，后者没有半点动静，似乎没听到。

见她没动作，黎江悄悄动用手上的磁力，把面罩无声地引过来，再小心翼翼推到柳金琳头顶上。

“虽然我已经有丈夫了，”她突然转身，把心虚的黎江吓出了一身冷汗。只见她脸红红的，眼眶里很湿，“但是听到你要结婚了，还是感觉有点不舍呢。”

“是啊，自那时起，我们已经走上了不同的道路。”他眼睛盯着柳金琳，不敢看面罩一眼，就怕自己的眼神暴露自己的计划。

“不过，”她抹了抹眼睛，两滴水球被甩了出来，晶莹透彻，浓缩了一种黎江并不熟悉的情感，悠悠地飘在半空，“我还是想劝你回来。”

“什么？”黎江正准备把面罩从头盔上扯下来，听到这句话，他惊得停住了手上的动作，“你明知道这不可能。”

“为什么不可能？赫尔纳斯的官位现在仅次于赫里南和泽尔。只要他接受了你，组织的大多数人也会接受你的。我可以多做做思想工作，这样……”

“你还是不了解他。”黎江摇摇头，露出像对小孩子耐心解释数学题的眼神，“不要以为你是他的妻子，就可以为所欲为了，那样搞不好你也有被踢出组织的危险。林斐告诉我，在去死刑间前他和赫尔纳斯谈了一次话。赫尔纳斯说假如我劫持了你所在的船，他还是会把这艘船毫不犹豫地摧毁。”

黎江知道，这句话几乎是在否定柳金琳的爱情观。

“这还不是最主要的问题，其实是我也不想回来。‘海王星’本身就是一个受制于‘最高政府’的组织，我不喜欢。有时候自由一点不是什么坏事。”

说完，他抖了一下手腕，面罩和头盔无声地分离了。

“但是我们需要你。”柳金琳激动地说，“为了那个最高目标！最高的荣誉！高级的技术虽然我们已经掌握了，政府却对我们不管不顾。复杂的方程式虽然我们不缺，有些人却不知为什么一直不肯让它在应用上有所进展，致使我们各项科研的效率极其低下。命运是由我们自己改变的，羸弱而低效的领导机关根本不能解决什么问题。点明我们现在技术方向的人是你，求求你，回来吧！”

黎江刚想对她这一番话进行反驳，突然他意识到了什么，眉头一皱。

房间里的沉默只持续了短暂的两秒钟。突然，黎江的右手向下一摆，埃里森的面罩和头盔的剩余部分就冲到了柳金琳的面前和脑后。没等她反应过来发生了什么，面罩和头盔就在磁力作用下合拢，把她的头罩住了。

“黎江！”她大叫着，用手扒住面罩的下巴部分试图脱身，但是她既没有权限打开面罩，又没有足够大的空间让自己的头从头盔颈部的空隙逃脱，“放开我！”

“眼镜，”黎江这时大声说出了他的命令，他已经没有什么可以惧怕的了，“让埃里森的所有反应炉的能量以微波形式释放，开启头盔上的微波受电线圈。”

“收到。头盔已启用全部功能。”

“埃里森，对乘员进行催眠。”黎江说着把掌心对准那条固定住他肩膀的带子，强光一过，他就利索地踢开了捆住他小腿的另一条带子，完全脱出身来。

看着柳金琳的动作渐渐放缓，黎江不禁想起安娜。

柳金琳在失去意识进入熟睡之前，听见一句话，虽然被淹没在黑色中，但她还是听得很清楚，就像是一个小孩在被洪水卷走前的最后一声呼救：

“你刚才那段话很有意思，柳金琳，我会回来找你的。”

快子的强光过后，“茶杯星”号的舰首出现在眼前。

“就是这里，我们需要援兵来分散战舰的注意力才能上舰搞破坏！”林斐说。

“援兵什么时候来？”安娜焦急地问。

没等林斐回答，几道闪光就在三人左侧乍现。无线电里传来几个他们从未听过的声音：

“20号，我从右边突击，掩护我的左翼。”

“收到。67号，小心标记的数个目标。”

“9号，有26架‘谷神星T型’舰载机跟在你后面。”

“9号，继续前行，拐到右侧，我来打掉它们。”

安娜转头一看，约有20套金光闪闪的战甲，像金色的闪电，划过宇宙苍穹。伴随着舰载机的爆炸和众多战甲航向的不断变化，一套王甲从战甲群中脱颖而出，径直冲向“茶杯星”号。它的速度和冷湖加装超容电池后不分伯仲，还背着一个银色背包。

“茶杯星”号很快发现了它，战舰表面刺猬一般的激光武器纷纷瞄准。

“我被盯上了。进入突防阶段，开启战甲镜面。”

那套王甲的甲片立刻纷纷变成了镜面。由于甲片本身的曲度，激光被发散，没有对它造成一点伤害。但反射的大量的光让王甲看起来亮得刺眼，像一颗小太阳。这颗太阳迅速逼近战舰，很快熄灭了。

“进入射击盲区，我已经着陆，布设了核弹。周围人员立即疏散！”

“我们快走！”林斐飞到百里蔓妙身边，说道。

“林斐、百里蔓妙、安娜，已经为你们设计好路线，请前行到临时标记的M区域，6号王甲会掩护你们。”

这时另一套王甲从“茶杯星”号的舷侧拐了过来，众人迅速跟上了它。

“天狼星B战甲群已到达。”

太空中又出现了一颗亮星，闪耀了整整20秒——那是一百万套钢青色的战甲宣布加入战斗的冲锋号。

“战甲群编队完成。18号，带领1队从右侧接近旗舰。6号，带领5队防御边界，队形要稍松。”

“收到。”

像一群身经百战，训练有素的战士，战甲自动列队，一队有整整20万套战甲，跟在了各自领队王甲的身后。在“茶杯星”号爆炸的强光掩护下接近“川藤星”号。

“川藤星”号的宇宙能源射线、舰载机、激光武器和导弹开始反击，战甲则同样用激光武器、高温等离子和火箭开路。战舰渐渐落于下风，战甲群则势如破竹。就在3队的战甲群从不同方向就要抵达“川藤星”号表面时，天王星舰队、木星舰队的一小部分战舰前来支援“川藤星”号，而海王星舰队由于距离过近，使用快子引擎太过危险，只能采用常规推进缓慢进军。又是一通胡乱的闪光，顿时，战舰的巨大阴影让“川藤星”号表面不再呈现白色，而是阴暗的灰色。以旗舰为中心，大大小小，各种形状的战舰头朝里，包围了所有战甲，形成一个松散的球状包围圈。

“新力量加入，我们在实力上处于下风！”

“8号，我们被包围了！”

“木星舰队完成调试，准备战斗！”

“天王星舰队完成调试，准备战斗！”

“川藤星”号的指挥室内早已经没有了慌乱，所有人都充满了斗志，赫尔纳斯也一样信心十足。他的眉宇间第一次出现了轻松和笑意。他在众人的注视下举起右手，准备发出进攻指令——

“这里是土星舰队‘固城星’号。如果你认得我，就听我一句劝，把手放下。”

这戏剧性的一幕让所有人被疑问填满了心思。

“‘固城星’号，请重复一遍。”赫尔纳斯疑惑地说。

“我是黎江，把手给我放下。”黎江飘浮在“固城星”号的指挥室里。舰桥的防爆门被他关上了，所有机库也被他关闭。座位上被安全带绑着一具具早已经失去生命的躯壳。在进入指挥室之前，他就人为封闭了舰桥，打开了空气阀，等里面的空气全部漏出，无一人生还时，他才安安心心地重新加压，再次封闭舰桥，独霸了“固城星”号。

“黎江！”赫尔纳斯听见，惊得从座位上跳了起来，“你是怎么上船的？”

“我撞进来的。相信你不想知道是谁好心救了我的命。”黎江冷冷地对着空中显示着“川藤星”号指挥室画面的蓝光平面说。

“你可真大胆。”赫尔纳斯回道，“我看你就凭一艘战舰能干什么。”

“那就拭目以待！”黎江狠狠地撂下这句话，随后切断了通信。

“进攻！”赫尔纳斯再次举起右手，下令道。

“固城星”号率先开火，五道激光聚焦在离它最近的“玉笛星”号上，后者的底部当即被灼出一个20米宽的大洞。空气凝成的冰花从中泄露出来，形成了一股不小的推动力，导致它的船首不受控制地上翘。“固城星”号上所有的宇宙能源炮瞄准了远处“笔架山星”号向它射来的冷核聚变导弹，将它们逐一摧毁，一个不留。随后40台宇宙能源炮组成阵列，在“固城星”号左侧的“坎卜斯星”号前方生成了一个巨大的绿莹莹的虫洞，后者在脱离快子后没来得及减速，径直栽进虫洞里，被送进了未知的空域。很快，“固城星”号发射的多枚冷核聚变导弹拖着浓浓的烟柱出了发射管，调整航向后就被人为关闭了发动机。这样，战舰的反导雷达就发现不了它。它们匀速但高速滑行着，先后撞进了“朵厅星”号、“云点星”号、“卢卡斯星”号，包围圈中仅有的三艘“褐矮星”级激光反导舰就这样全部失去了作战能力，无法再像“茶杯星”号那样开展对战甲的屠杀了。

尖利的啸叫声突然响起，“固城星”号舰首遭到了“川藤星”号的袭击，迎面而来的激光熔化了舰体表面半米厚的防护层，激光上下扫射，切去了整整一栋楼那么大的舰体。

黎江急忙把一具尸体从指挥室的座位中拖出来，自己坐了上去，系好安全带，以防舰体遭受碰撞后受惯性影响撞出指挥室。“战舰动力转换为手动模式！”他命令道。

“动力模式转换完成。”系统播报道。

他面前出现了两面小小的蓝光平面，一个用来控制战舰方向，一个用来控制发动机输出功率。

“给我舰队所有战舰的实时位置！”

黎江注意到几乎所有战舰都在远离“固城星”号，而它右后方的“欧西里斯星”号“行星”级战舰则因为动力原因没有动作。

“反应堆能量 30% 供给战舰磁场，定向磁场主作用点锁定‘欧西里斯星’号！”

接着，“固城星”尾部七座直径 35 米的大型冷核聚变发动机启动了，高温等离子体持续地喷出，形成了一条 2 千米长的蓝色河流。与此同时，“欧西里斯星”号也开始失控地向“固城星”号方向移动，速度越来越快……

“固城星”号启动了右侧船舷的调姿引擎，在前行的同时迅速向左加速，让“欧西里斯星”号从它右侧轻盈地掠过，同时导致作用在“欧西里斯星”号上的磁力方向发生改变。磁场就这样对“欧西里斯星”号进行了加速，就像探测器飞掠行星时被引力场加速一样。它划过了一条弧线，在速度达到最大时，黎江关掉了磁场，“欧西里斯星”号就这样被抛射出去，飞向“川藤星”号……

“所有人员小心！本舰即将遭受巨大的冲撞！”赫尔纳斯望着就像玩具一样被黎江扔来的战舰，对蓝光平面大喊。

“欧西里斯星”号翻滚着，舰首深深地扎进了“川藤星”号的右舷，巨大的冲击力让所有来不及固定自己的人当即撞死在墙上，血肉模糊。大量空气外流，小小的“行星”级战舰也因为撞击而被扯得四分五裂，碎成了七块大骨架和一阵钢屑雨。由于惯性，它们又接二连三地撞在了“川藤星”号的不同部位上，造成了不同程度的损伤。“川藤星”号的舰体被撞得严重偏移中心，开始向包围圈边缘移动。

“修正姿势！”赫尔纳斯慌忙下令。

“80% 的调姿引擎已经损毁！”轮机舱舱长说，“主发动机虽然运行良好，但是没有足够精确的调姿发动机可以用了！”

“给附近的舰群发消息，让他们规避！现在，我正式下达命令：‘川藤星’号所有舰员弃舰！”赫尔纳斯话一说完，“海王星”的军人效率就开始显现了：没有任何犹豫，指挥室所有人放下手中工作，立刻有序撤出，通信员把命令下达到全舰各处后立刻离开了舰桥；赫尔纳斯撤出后，见指挥室已经空无一人，于是拉下了走廊上的一个红色的扳手，指挥室和外界之间立刻被一扇厚重的防爆门隔绝，整个指挥室随即被弹射出去，接着，随着一道闪光，指挥室被炸药销毁到不留一点痕迹；所有舰员安静、迅速地冲过走廊，钻进墙上的洞口——那是一艘艘停靠着的救生艇。不到 10 分钟，3000 名“川藤星”号舰员已经全部进入救生艇，并开始撤离它们的母舰。又过了 3 分钟，所有救生艇都离开了“川藤星”号，紧接着“川藤星”号的内部发生了某些改变：一个蓝色的、炽热的核心正在使整艘战舰崩解，然而没有出现想象中那种大规模爆炸的画面，冷核聚变反应炉的高温只是摧毁了一切可以利用的设施，包括它自己。

救生艇在与其他舰只对接之后，艇上的舰员立刻转移到自己对接的那艘舰上。

此时战甲群也开始发起突围。20 万战甲像蜂群一样包裹住了各自的目标，开始大搞破坏，直到猎物失去作战能力。5 分钟之内，6 艘“红巨星”级战舰完全失去作战能力。当战甲群飞散去找下一个目标时，才露出了战舰的样貌：它们的舰体有的被肢解，幸运一些的则千疮百孔，残破不全，好像被白蚁啃过的木头。战甲群似乎是一个巨大的、移动的胃，专门用来消化这些庞然大物。

“各单位确认完毕，人员已经全部转移。”早已经登上“双子星”号的马修对赫尔纳斯说。

赫尔纳斯也转移到了“龙星”号的舰桥里。“龙星”号的舰长自觉让出了他的位置。

“彻底销毁‘川藤星’号，这么大块的太空垃圾，谁撞上谁倒霉。”赫尔纳斯抹了抹头上的汗，严肃地命令道。

与此同时，所有战舰开始了进攻。无数道激光穿插在包围圈围住的不大的空间里，冷核聚变导弹裹着烟柱急速冲去，宇宙能源射线在各艘战舰表面接连亮起。战场瞬息万变，在大量大规模杀伤性武器充斥的环境下，谁也不知道死神下一个盯上的是谁。

“黎江君！你还活着！”

百里蔓妙的声音在黎江身后突然响起，黎江正全神贯注于战场，要不是有安全带绑着，他绝对能从座位上跳起来。

他刚让椅子转过来，就和一头金发撞了个满怀。

“你绝对想不到我有多担心你。”安娜的脸深深埋进了黎江的怀里。

他温柔地搂住她的腰，感受着她的体温，温温热热的，顺着血管传导到他的全身。他相信，见到安娜后，他的血管里肯定又多了一样能带给他温暖的东西。

“我们见‘海王星’自己打起来了，还感觉不对劲呐。”林斐看着抱在一起的两人，笑着说，“后来接入‘海王星’的通信频段，才知道这艘船上是你。”

“对了，现在不是侃大山的时候。”黎江像是突然想起来什么似的，轻轻把安娜推开，提醒道，“系上安全带！现在我们需要长驱直入！”

等到四人都安全固定在了座位上，“固城星”号也已经开足了马力，向一艘“脉冲星”级战舰“吉普赛星”号以最大功率加速冲去，巨大的加速度让四人被紧紧压在了椅背上。“吉普赛星”号急忙开动引擎侧转规避，但由于身体笨重，行动迟缓，没来得及避开，反而把自己的底部暴露在了“固城星”号的雷达上。“固城星”号随即停止加速，冷核聚变的能量导入了舰身的激光武器系统，二十门激光炮同时亮起，聚焦在“吉普赛星”号舰首，又缓缓沿中线扫过对称的舰身。很快，“吉普赛星”号舰底出现了一道红炽的、整齐的裂口，裂口很快随着溢出气流的冲击而扩散，贯穿了整艘战舰。太空中听不到声音，但要是有，“吉普赛星”号开裂的声音肯定和破拆大楼很像。当战舰像面包一样被撕扯开时，冷核聚变反应室居然还危险地亮着。果不其然，随着一阵和快子传输不相上下的强光，“吉普赛星”号淹没在了冷核聚变的光芒中，它的大部分舰身被高温气化，只有一小部分残骸被冲击波高速弹走，形成一枚枚穿梭在太空中的“星际鱼雷”，要是撞到其他战舰，威力不会比一枚重磅炸弹小。

当“吉普赛星”号壮观的葬礼结束后，地球居然第一次吸引了所有人的注意力。

太平洋上方的某处，晨昏线刚刚踱过此地。现在它成了太空大战的两方眼里最亮的地方。一道强大的激光束射了出来，在所有人的惊骇之中，击中了“黄矮星”级的“乌尔星”号，正中反应室。“乌尔星”当即被核火焰吞噬，舰体被烧化，钢水四溅。

“所有作战单位注意，我们已经与正在和敌人激战的一方取得联系，所有的友方单位皆被录入了系统，它们会在你们的屏幕上被标注。”沈岳的声音在每一架战机的座舱里响起，同时飞行员的视野里突然多出了成千上万个用蓝圈标记出来的目标——这些都是黎江的战甲。“你们此行的任务，是不让一个敌人进入大气层！给我打到你们的飞机解散为止！”

2000 架冷核聚变或反重力推进的战斗机加入了战斗，虽然带着机翼，但是它们比在大气层中更加灵活，10 倍音速的速度让它们快得像一道影子。每架飞机都携带着八到十枚 2000 万吨级穿甲核弹和大功率激光武器，准备决一死战。

“各位请注意。”黎江打开通讯频道，说道。

“海王星”、量子岛、林斐、安娜、百里蔓妙和战甲们都听到了，太空大战仿佛摁下了暂停键，战舰发射出的最后几颗导弹被战甲拦截，一切都归于平静，等待着黎江的话语。

“‘海王星’计划毁灭地球已久，但那其实不是‘海王星’的计划，是‘最高政府’的计划。”黎江不卑不亢的声音震慑四方，“‘最高政府’不能让地球文明的科技水平超过阈值，要不然就会威胁到它。而它所采取的方式，正是利用‘海王星’组织！你们只不过是‘最高政府’的傀儡！你们忘记了从哪里来，忘记了你们也是人类文明的一部分！身为人类，不助力发展我们的科技却自相残杀，这是可悲的。宇宙充满了未知，若有一天太阳系被别的文明发现了，我们的力量甚至不能自保！到那时，人类文明将完全被抹去，地球又会变成它刚诞生的模样！无论如何，你们若是一意孤行，执意要开展行动，如你们所见，地球人不怕。作为你们的母星，她和她的人民不怕！我们有为家园献身的信念，我们有为人类文明发展的责任！你们若不投降，则今日，以人类与自由之名，地球的人民愿做正义的抗争、不惜一切的抗争！若你们不立刻撤退，则今日，以地球母亲之名，我们要痛打这群逆子！我们一定，奉陪到底！”

“你觉得我们会善罢甘休吗？”赫尔纳斯凶狠地说，“你觉得‘最高政府’的权威会受到挑战吗？到时候‘鳞甲号’自然会保护我们的。而现在，‘最高政府’的命令就是一切！”

他没想到，蓝光平面那头竟传出黎江冰冷刺骨的大笑。

“你说‘最高政府’能保佑你们免于灾难？等你们亲眼见见它你们就知道了；你以为‘最高政府’有至高无上的权威？哈哈！它现在已经弱不禁风，你们即使被打到满地找牙它也不会有任何动作的！”

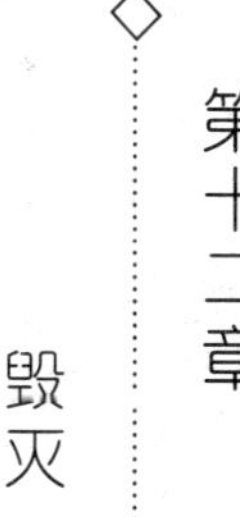

第十二章 毁灭

四大舰队开始了激烈的反抗，但是量子岛的飞行员个个都是精英，舰身在让人眼花缭乱的射线中飞行，同时予以回击。

地面上，利用林斐提供的数据，沈岳亲自指挥并看到了量子岛巨炮的射击——激光是不会被人眼所看到的，但是顺着炮口的指向，可以很清楚地看到，万里无云的蓝天中，有一点星星之火，正在不停地闪烁：因为，木星舰队的“酒神星”号已经被激光击穿了它的冷核聚变反应堆，正在发生剧烈的爆炸。

“赫尔纳斯先生，再不实施对地攻击就没有时间了！”“龙星”号的舰长对赫尔纳斯说。此时一大批战甲到达激战空域，在一片快子的光芒中，银色的战甲由一点向周围铺开，很快布满了目之所及的一切，包括太阳，战场因此陷入黑暗。

“计算黎江战甲的数量！”赫尔纳斯说。

“初步统计，已经超过5亿套了！数量还在以指数级上升！这样下去我们的舰队会处于极度劣势！”

“只能拼死一搏了！”赫尔纳斯说道，“1号命令！所有舰只自由开火，向超子群岛发射钨棒！”

“‘大力神星’号钨棒发射管充能！”林斐指着他面前的

蓝光平面，惊慌地报告道。

“他们动用了 1 号命令！”黎江和百里蔓妙异口同声道。

一根 2 千米长的金属棒，以极高的速度划破大气层，将巨大的动能倾泄到不幸的土地上，天崩地裂，那将会是任何灾难都无法比拟的恐怖。

“47 号王甲，带领附近三支队伍打击‘大力神星’号！”黎江命令道，“一旦检测到有哪艘战舰启动了钨棒发射进程，它就要成为我们不惜一切代价摧毁的目标！不能让一根钨棒落进地球大气层！”

接到赫尔纳斯的命令后，多艘有能力发射钨棒的“脉冲星”级战舰将左舰舷对准了地球，启动了钨棒发射进程，但是它们遭到了强烈的抵抗。“冥古星”号被战甲群发现了，于是它被对半切了开来，就像切蛋糕那么快、那么简单；“小绿人”号的钨棒发射管被量子岛巨炮击中，舰身受损严重，导致停电，彻底失去了行动能力；“遗迹星”号的冷核聚变反应堆被战机的一枚穿甲核弹击中，发生了剧烈的爆炸，飞溅的残骸甚至扫平了周围的几艘“行星”级战舰。

“如果我们能把地面上那座大炮解决，我们的压力就会小一点！”赫尔纳斯指挥着“龙星”号绕过刚刚阵亡的“吉普赛星”号的残骸。

“我们需要知道大炮的准确位置。”“龙星”号的武器专家说。

“启动钨棒发射程序！”赫尔纳斯下令道。

“这是自寻死路！”舰长喊。

“只有这样量子岛巨炮的火控雷达才不会锁定在我们身上，我们才能更及时地在它攻击我们之前反击。”赫尔纳斯冷静地望着地球上深蓝的太平洋，试图找到那三粒芝麻粒，“激光武器准备，所有人员提高警惕，加强对近空的戒备和防御。一旦发现我们被雷达锁定，立刻溯源反锁定目标，跳过请示阶段直接开火，不要犹豫。现在，启动发射管蓄能！”

一阵“轰隆隆”的巨响，舰体开始震动，钨棒发射管开始蓄能。

“小心！二点四方向两架敌机来袭！”

检测到“龙星”号的举动后，两架反重力战斗机迅速从“小绿人”号残破的舰体后窜了出来，穿云箭一般向“龙星”扎来，此外还有一大群战甲像迁徙的候鸟一样铺天盖地地卷向“龙星”号。它成为了众矢之的。

近程防空系统启动了，密集的激光束和核导弹有效地减缓了战甲群的推进，但围攻“龙星”号的战甲少说也有2000万套，打也打不完，而两架战机更是势如破竹，辗转腾挪，几乎不把近程防空系统放在眼里。

“警告，战舰被锁定！”系统播报突然响起。

果然，没有任何犹豫，一道对地攻击的强激光束直接击毁了那两架战机和一大批战甲，像一根绣花针刺破战甲的铁幕，径直冲向地球。

“打击警报解除！”有人大喊。

“我们成功了！”

“还没有。”赫尔纳斯说道，“钨棒的装载需要多久？”

“2分钟。”

“我们撑不了那么久！”

“附近有可以提供援助的舰只吗？”舰长问。

“战甲对我们开启了电磁屏蔽，我们与外界失联了！”

“近程激光武器打不透，切换到对地激光武器模式。”赫尔纳斯沉稳的声音再次响起。

武器操作员顿了一下，似乎在对什么表示疑惑，但随即开始了操作。

“切换成功。”

“狠狠地打！”

从战甲群外面来看，那细细密密的战甲包裹着的，就像是一颗太阳，一束束光线不断刺破战甲的包围圈，一层层战甲被锐利的激光划开，分割，最后逐个消灭。

“近程警报解除！”

“钨棒蓄力完成！”

“瞄准超子群岛。”赫尔纳斯立马下令。

“锁定完成。”

“开——”

“等一下！”舰长指着指挥室前的大屏幕，制止了赫尔纳斯。

屏幕上，超子群岛的俯视图突然消失了，一艘巨大的战舰挡在了“龙星”号和群岛之间。

“等什么？”赫尔纳斯气愤地斥责道，“那不是黎江的舰吗？这不一箭双雕吗？”

“那是‘固城星’号，您的夫人在上面。”

赫尔纳斯顿住了。

林斐说过的情况已经成为了现实。“假如柳金琳在那艘船上，你会怎么办？

“值。物超所值。”

发射键就在他右手前方 2 厘米的地方，闪着红光。

“赫尔纳斯，来啊，我相信我没认错你。”“固城星”号的舰首正对着“龙星”号，黑黢黢的钨棒发射管能被四人清晰地看到。

“黎江君，你确定这样做可以吗？”百里蔓妙转头问道，“他可是说过会干掉自己妻子的人。”

“肯定行。”黎江自信地盯着那艘巨舰，“我了解他比了解安娜还透彻。”

安娜听到后，头也不回，幽怨地嘟囔道：“我可是头一次吃一个男人的醋。”

突然，几个绿点在“龙星”号上亮起。

“小心宇宙能源射线！”林斐惊恐地大喊道，但他们都知道来不及了。

几束宇宙能源射线精准地击中了“固城星”号上的所有宇宙能源射线武器，但奇怪的是，其他类型的武器都没有受损。一阵绿光过后，四人惊奇地看见，“固城星”号正前方 80 米的地方出现了一个直径20米的散发绿色光芒的圆球，映照着……“固城星”号背面的推进器！

黎江立马就知道发生了什么。不过，还是那句话，来不及了。赫尔纳斯比他聪明。就是黎江的这点疏忽，造成了不可挽回的损失。

在“固城星”号的前后分别出现了两个空间扭曲点，“龙星”号上的5门宇宙能源射线炮源源不断地为它提供能量。从“龙星”号上来看，“固城星”号消失了，来自超子群岛的画面，经过虫洞，又回到了赫尔纳斯的视野里。

没有丝毫犹豫，他拍下了那个红色的按钮。

由于发射时产生的反作用力，“龙星”号猛地向右平移了2米。钨棒像一根真正的“绣花针”，闪着寒光，刺破黑漆漆的太空，穿过虫洞，跳过“固城星”号的阻拦，直奔超子群岛扎去。

“请求量子岛巨炮拦截钨棒！”黎江对林斐喊道。

“巨炮被激光击中了，不能用了。”林斐急出了一头汗。

“超子群岛紧急疏散！”黎江说，“事到临头，只能采用一种方法了。”

“什么方法？”

“我一直在研制让人的意识进入计算机网络的技术。”黎江盯着蓝光平面上的“龙星”号，“现在战甲和战机不能解围，战舰上的宇宙能源射线武器被毁，无法生成虫洞，激光武器又没办法绕过虫洞去打他们，导弹的数量也不够，根本不是对手，量子岛巨炮也坏了，只能从他们的内部搞破坏了。”

“你想把意识植入‘龙星’号的计算机？”林斐不可置信地问。

“只能这样。‘脉冲星’级战舰的计算机容量足以容纳我的意识。”

“但是，你不是说过，你没有办法把意识导回到你的大脑里吗？”安娜突然想起来在月球上时他们的谈话内容。

“不行！黎江君！同归于尽的方法不可取！我们还是再想想吧！”

“只有这一种。”

“别！黎江，要不然换我去！”林斐转过身来对他喊道。

“你们对整个操作系统不熟。意识导出和转移过程中有很多地方需要注意，你们之前没有接触过，现在了解也来不及了，只能是我去。”黎江说话时一直盯着蓝光平面。

“你可以复刻一个记忆到那艘舰上，不必把你大脑中的意识消除掉啊！”安娜竭力阻止他。

“安娜，如果他发现这里还有一个同样的黎江，根据那个‘黎江黑暗森林’理论。他拥有一艘钢铁战舰，我却是血肉之躯。你知道会发生什么。”黎江耐心地解释道，“只要我还存在，就构成威胁。月球上的事情会重演，那时候搭上的是我们四个人的命。”

话已经说死了。不管百里蔓妙、林斐和安娜如何劝说，现在也没有用了。

“黎江，你很不负责任。”安娜轻声谴责道。

余下两人都惊异地转向安娜。

“我们此行的目的，是来结婚的。”安娜的语气虽然平静，但是潜藏着什么未知的东西，“现在你打算抛下我，去……去摧毁一艘战舰……”

“安娜……”黎江试图安慰她，但是安娜抢先了一步。

她抹了抹眼角，把椅子转过来，笑着对他说：“我很了解你。我们还在月球上的时候，你说过你将人类视为一个整体，你总是为全人类着想。我想，这个时候我虽然不舍，但你还是去吧。”

谁都没有说话。

“黎江，那时……在‘丝绸 γ’星上……阻止你继……继续进行大脑研究……是我这辈子……做过的……最后悔的事情……”她的话伴随着断断续续的抽噎声。

“安娜，那时在月球遇见你是我此生最幸福的事情。”黎江的心里涌出了一股柔情和不舍交织缠绕的丝绸一般光滑的情感。它漫入他的组织和肌肉，流入他的血液，充斥了他的大脑，让他无法控制自己的泪水决堤。

安娜双手捂住了脸，两秒后她伸手去解安全带的时候，脸蛋已经哭得红彤彤的了。她低头去找安全带的搭扣，把自己的泪眼隐藏在失重飘起的长发后面，不让他看到。随后她一蹬座位，再次扑进黎江的怀里，开始号啕大哭，好像上辈子根本就没哭过一样。泪水在失重状态下全部被黎江的衣服吸收，他的胸前因此湿了一大片。她歇斯底里地大哭着，他也忍不住了，把脸埋进她的飘散在空中的金发里，长久以来积攒的泪水也终于像汛期的河水，轰轰烈烈地往外冲。

他一直以人类的先锋自居，要是在以前，以理性为行为准则的他，一切都是为人类着想的他，一旦做了决定，会不顾一切地做。而现在，他竟然会为了一个女孩落泪哭泣，延缓了阻止敌人摧毁他家园的计划。

可恶啊，安娜，自从你闯进我的生活，我的行为准则就情不自禁地变了。为什么！感性这东西明明在科技发展过程中是不需要的，宇宙本来就不是一个需要感性的地方！

可是，有了你，为什么一切都变得感性起来？是你那天真的思想？调皮的性格？坚毅的目光？还是你永无止境地倾注在我身上的感情？

现在，你给予我的感情，我竟然将其视为比人类整体更重要的东西。一想到要抛下你，割舍掉你的爱，我就像当初和你谈及大脑一样头皮发麻。

我是黎江，我做不到……

强烈的啸叫回荡在快子岛、量子岛和强子岛的大街小巷里，所有人蜂拥跑上街道，汇成了众多的人流，向海岸、机场和地下避难所涌去；大型客机每半分钟就起飞一班，源源不断地把居民带离他们原本的家园。毕竟，这三个岛的居民中的任何一个人都不知道那个带给他们危险的钨棒会降落在哪个它命中注定会降落的岛上，一切只能取决于万有引力和大气层了。

毁灭女神可不会因为人间的种种慌乱、恐惧、祈祷和祝福而停止脚步……巨大的钨棒快得就像一团黑影，穿云破雾，仿佛一支箭，扎在了快子岛的中央——

刹那间，快子岛天崩地裂。冲击波放射状地扩散到了快子岛的周边海域；建筑物在瞬间化为尘土，和普通的沙石土壤一般被抛向空中；地面上爆炸不断，埋在地下的天然气和沼气管线不堪重负，让钨棒扎根的地方，也是土黄色最浓烈的地方透出了红光；更可怕的是，在钨棒降落之后仅仅二十秒，就发生了爆炸，大量的碎片和土块把许多正在撤离的运输机和客机粗暴地推落天际，并且彻底使快子岛成为了历史——它完全沉入了深海……

“正中目标。”武器操作员盯着座位前的屏幕，说道，“快子岛没了。”

“继续钨棒发射进程。”赫尔纳斯说。

“啪嚓”一声，指挥室陷入一片漆黑，弄得舷窗外的地球反而成为了最亮的东西。

“我叫你们继续发射进程，没有让你们关灯。”

“长官，不是我们的失误，全舰好像都停电了。”

赫尔纳斯在黑暗中挥了挥手，试图召唤出一个蓝光平面，可是他的指尖什么也没有。

“长官，我这里有反应了。”“龙星”号上的计算机专家拿出一个像移动硬盘一样的东西，插进面前操作台的卡口上，这东西随后投影出了一个蓝光平面。

"怎么回事？"

"'龙星'号全舰的所有系统正在重启。现在宇宙能源辅助发电系统正在正常运转。"

"谁下的指令？"

"长官，我在找。"

就在这时，比"龙星"号更靠近地球的"水星"号化为一道快子的白光。紧接着在舷窗里看不到的地方，视野之外，快子的光芒不断闪烁，显然其他战舰都也撤退了。

"谁下的撤退命令？"

"长官，战舰都停电了，谁能下得了这个命令？"

"我下的。"

这个声音是从广播系统传来的。所有人都惊讶地望着天花板的各个位置，好像能看出来谁在说话似的。随后指挥室一下就恢复了照明，战舰大部分的系统也恢复了运转。这个声音，赫尔纳斯听过无数遍了。

"黎江，你是怎么溜到'龙星'号上的？"他打开战舰的通信系统说道。

"其实不用打开通信系统，只要指挥室有麦克风我就能听到你说话。"

赫尔纳斯听出，黎江的声音没有背景杂音，显得异常清晰，不像是在"固城星"号上和他通话。

"我没有溜到'龙星号'上。"黎江继续说，"我的身体还在'固城星'号上。只不过，现在，我就是'龙星号'。"

这番诡异的话让在场的所有人起了一身鸡皮疙瘩。

“战舰所有的监控都是我的眼睛，装甲就是我的皮肤，计算机就是我的大脑。‘龙星’号原本的操作系统已经被更改了。如果你们的程序员现在进入系统看看代码，就会发现现在计算机运行的程序惊人地复杂，它是用另一种我编写的计算机语言书写的。别再挣扎了。”

赫尔纳斯侧眼瞥见了计算机专家，他刚才还紧张地对着蓝光平面一通点击，现在他无奈地转过头来，对他摇了摇头，表示自己也毫无办法。

“没时间了。”黎江说。

赫尔纳斯的眼睛突然睁得和葡萄一般大——他猛然间明白了什么。他一推椅子，奔向指挥室的出口。

一扇防爆门开始封闭指挥室。赫尔纳斯明智地选择了贴近下层地板的路线，成功从即将封死指挥室的防爆门和地面之间的空隙钻到了指挥室外。

“赫尔纳斯，你还是有点本事的。”黎江说。

“咔哒”一声，防爆门那头的指挥室被整体弹出，接着，炸药销毁了整个指挥室，除赫尔纳斯外，全部“龙星”号高级船员遇难。

“黎江，你这招我还是没有想到，失算……”赫尔纳斯看向了最近的监控摄像头，说道。

“轰”的一声，赫尔纳斯一下撞到了对面的墙上，额头上撞出了一个鸡蛋大小的鼓包。“龙星”号全部的主发动机启动，把战舰全速驶向那颗蓝色的星球。

“地球，我来了。”黎江的声音显得很冷静。

“你既然是这艘战舰，就也会烧死在大气层的！”赫尔纳斯被重力加速度摁在墙上动弹不得，但还是声嘶力竭地大喊道。

“我就算是死，也要死在地球上。”黎江的回答是那么的自然，直接脱口而出，让人感觉他早有预谋，“也正好免了去火葬场的工夫了。”

赫尔纳斯忍受着接近4G而且还在不断变大的重力加速度，用手艰难地撑起是原来4倍重的身体，向墙壁的上方爬去。那里除了一堆乱糟糟的线缆和管道，还固定着一个赭褐色的、和书包一般大的箱子。他爬到箱子下方，再也支持不住了，趴倒在了墙面上，用尽最后的一丝力气，将手掌盖在了箱子上。箱子立刻被激活，散成一份份的甲片，顺着赫尔纳斯身上“海王星”制服中的磁引流管，从手臂，到背后，到胸前，到大腿，最后将他整个包裹起来，全部合拢，形成了一套战甲。有了战甲外骨骼的支撑，赫尔纳斯利索地站了起来，跟处于1G状态时一样。

“要是我现在破墙逃走，肯定会被你两束激光就弄死。”赫尔纳斯说。

“所以你打算等我开始坠入大气层，表面的武器都烧掉之后再走。”黎江早就知道了他的打算，“行啊，赫尔纳斯，算盘打得那真叫一个叮当响。”

赫尔纳斯隐约感觉到作用在　　战甲身上的力小了一点，同时感觉重力方向似乎在颠倒——原本加速度将他压向墙面，造成墙壁是地面的错觉，现在赫尔纳斯则感觉自己更像是脚踩着墙壁，与天花板平行。不出所料，他狠狠摔在了天花板上。

从太空上看，“龙星”号已经关闭了主发动机，剩下的任务全部交给了重力。它开启了所有的调姿发动机，让它的表面就像长满了蓝色的小星星。它开始同时进行滚转、俯仰和偏航，形成了作用在三个方向的离心力，加上重力，四个作用力的排列组合方式，让赫尔纳斯晕眩不已。

舰体开始感受大气层温暖的怀抱——空气与装甲之间产生了“轰隆隆”的摩擦声。越来越厚重的大气层越来越热情，战舰的表面开始红炽，三个方向的运动也逐渐放缓。

赫尔纳斯的大脑总算恢复了正常。他那不争气的半规管一直在给自己催吐。“嚓啦”一声，走廊外部半米厚的防护层被高温烧化了，一大块墙面被怒吼的狂风撕扯下来，他被卷出了走廊……

与此同时，“龙星”号的冷核聚变反应堆开始无节制地释放能量，数亿度的高温熔化了一切周围的物质，原本托卡马克装置内施加的超高压力转化为让高温等离子向外溅射的动力。一场爆炸溅出的等离子烧穿了一切它遇到的障碍物，让舰体看起来就像金属马蜂窝。舰体不久后崩解了，不同大小的碎片被火焰裹挟着，投入了地球母亲的怀中。

直到画面上最后一团火球消失在地球蓝色海洋的背景板中，安娜才移开了目光。

“安娜君，他走了。”百里蔓妙仍然盯着屏幕。

“他走得很壮烈。”安娜也说道。

她没有哭。她的眼泪在黎江进行意识转移之前就哭干了。

安娜踢了一下椅子，转身来到旁边的座位上。那里被安全带捆住的是铁匠。铁匠之下，就是那具被消除了意识的躯体。

她伸手摸了摸铁匠的面罩，留下了一圈手掌形状的白雾。

他的意识，就消失在了铁匠的面罩之下。那个复刻版本，向位于左舰舷负责中继信号的仙人掌发送过去，仙人掌接着入侵了“龙星”号的系统，将“龙星”号重启，趁着重启的时间，前方没有虫洞阻拦的仙人掌把黎江的意识植入了“龙星”号的计算机。

“安娜，把我的身体抛进太空。让我在地球轨道上多停留一会。我再好好看看我的家乡，也能再好好看看你……”他当时这样说。

她不为人知地抽泣了一下，随后做了决定。

“我们回去吧。”她转身对百里蔓妙和林斐说。

“金琳，醒醒。”赫尔纳斯把套在柳金琳头上的面罩扯了开来，美人还在无意识地熟睡，“快醒醒，我们要离开这……该死，你怎么会跑到医生俱乐部里来？”

柳金琳轻轻“嗯”了一声，慢慢地撑开了眼皮。

“你可算醒了。”赫尔纳斯脱下了他的战甲，瞥了一眼俱乐部紧闭的门，把她娇小的身躯揽入自己怀中。

“老公？”她眯起眼，下巴抵住他的肩头，含混不清地问。

“是我。”

“你为什么要说那样的话？”

“什么话？”

“你老婆被黎江劫走了，你会把战舰直接打掉吗？”柳金琳娇滴滴的嗓音和撒娇的语气听起来和没睡醒的小女孩别无二样。

赫尔纳斯轻笑两声，悄悄在她耳边说：“你睡着的时候，我也遇到了这种情况。不过，黎江得逞了，我还真不舍得伤害我的老婆。”

“哼哼，谅你也不敢。”柳金琳又清醒了一点，眼睛已经可以完全睁开了。

“走吧，回家聊去。”赫尔纳斯说着往柳金琳两边的脸颊各吻一口，套上了装甲。

“哎呀！讨厌，多大个人了，还欺负女孩子！”柳金琳被他弄得羞红了脸，但随后注意到了他的异常，“呀！你的头怎么回事？”

“没事，就是一艘‘脉冲星’级战舰给了我一下。”他轻描淡写地说，“话说回来，你也倒没少被我这样欺负。走喽！”

他拉开俱乐部的门，拉着有点迷糊的柳金琳的手，飞出了俱乐部。

不久，一套战甲飞了进来，看见了飞舞的战甲碎片。

“我是咒语。这里是医生俱乐部。我找到埃里森了。零件看起来还很齐全。”

量子岛的高档酒店房间里，安娜一个人躺在如棉花糖般柔软的床上，盯着天花板，双目无神，好久才想起来要眨一下眼。她心情复杂，头脑混乱，没有什么方法排忧解难，也无法入睡。

“叮咚”。

“请进。”

百里蔓妙的脸悄悄从门缝探进来。她见安娜一个人出神地盯着天花板，便静静地掩上门，跪坐在了离床不远的地毯上。

“安娜，黎江君他……不见了。”

床上传来一阵床单摩擦的沙沙声。安娜直起了身子，睁大眼睛惊讶地望着她。

“真的。”她盯着自己膝盖前面不远处的地板，淡淡地说，“量子岛太空军想要确定一下铁匠的具体位置，结果他们对铁匠一扫描，发现里面已经没有人了。他们把铁匠带回来了，里面真的什么也没有。”

“不可能，我释放战甲之前明明亲自确认他在里面的！”

“我也在想是不是量子岛方面私自把黎江君的身体偷偷藏起来做研究去了，但是林斐君也一起去了，他说是他负责扫描战甲的，整个过程确实没有问题。”

“那就奇怪了。”安娜咬住了自己的指甲，眼神向上瞟着。

百里蔓妙看着她，许久没有说话。最后，百里蔓妙的目光再次回到她先前看的那块地板，说：“安娜，黎江君还在的时候最不喜欢看到的是你因为他担心和受苦。他是那么地宠你。相信，要是他还在，一定不会希望你为他哭泣。我们还是要坚强地活着，事情总是会有转机的。”

安娜感激地笑了笑，说道：“谢谢你，百里蔓妙。”

百里蔓妙对她鞠了一躬，随后站了起来，优雅地离开了，没有发出一点杂音。那一瞬间，安娜发觉，在百里蔓妙博大的智慧和生活态度面前，她竟然出奇地渺小，渺小得如一粒沙砾。

她叹了口气，“扑通”一声倒回床上，床垫舒适地围着她，适应着她的形状。

“灵蝶？”

“有何吩咐？”灵蝶和紫罗兰双双从灯光照不到的暗影处显形。

“把头盔给我。”安娜躺回床上，把双手向天花板上伸去。两秒之后，淡红色的头盔就被准确地抛到了她的手中。

她把头盔套在了脑袋上，最后一次试图放松心情，什么也不想，但是她的大脑又被不同的片段占满。

“灵蝶，催眠我。”

没有头盔的灵蝶开始采用微波供电，安娜很快摆脱了纷繁复杂的情绪，陷入了沉睡。

“安娜……”黎江在轻声呼唤着她，“醒醒，我要跟你说件事。”

当安娜睁眼的时候，背景是一片黑，但是黎江的脸能看得清清楚楚：他面色红润，精神很好。

安娜惊叫了一声，随后迫不及待地扑进了他的怀里。

“你回来了？”她又惊又喜地问道，“你的意识是怎么重新导回到你的身体里的？”

“根本没有导回去。”黎江说，“你不用担心我。我现在在一个很远的地方，可能要花一段时间才能回来。”

“很……远？”安娜开始心生怀疑，问道，“我们现在，在……在哪？”

的确，除了两人身体以外的空间，全是摸不透的黑色。好像这个地方除了黎江和安娜，就没有一个多余的粒子了。这让安娜想起来她和黎江一起被困在虫洞的“囚笼”里的那段时间。

“这是在你的大脑里的画面。”黎江说着，温柔地抚摸着安娜的鬓角，“我的意识会在你的大脑里短暂停留一会儿，不过你不用担心，这不是梦，我跟你说的话，句句属实。

“在我接入‘龙星’号之后，我想着，不能白白让我驾驶战舰落入大气层自杀。就像你说的，我为这个世界带来了冷核聚变和快子引擎，更何况，我还没有和我心爱的女孩结婚呢。在这个世界上，有那么多未完的事情需要处理，就这么死掉，真是有点可惜。

“于是，在‘龙星’号开始坠入大气层的时候，我再次复刻我的意识，整合成了一个数据包，用舰上的快子通信器广播了出去。

“就在不久前，我的意识被截获了。它们是一群仙女座星系的外星智慧文明，是我梦想中的版本——所有的意识并入了计算机网络。那个地方，科技水平比地球高很多。它们同意我在这里学习它们的技术，但是不允许我回来……放心，我会回来的，你先别着急。在我不在你身边的这段时间里，你需要一个人陪伴你。

“还记得我给你发的那一则让你保重的消息吗？就是我去救林斐的那次？”

“还记得。”安娜说。

“我让你去找‘3728 号’文件夹，之后你也没有当回事，这次我要真的恳求你，无论怎么样，回去翻一下仙人掌的数据库，找到它，按照上面去做。”

“它里面是什么？”安娜问。

“是一个黎江。”黎江说出这句话，着实把安娜吓了一跳。“‘3728’号文件夹里面是一个我的复制的意识体，你把它与埃里森的电脑主控系统联立起来，你就能得到一个完全的、拥有自我意识及行为的黎江。他的任务是负责在我不在的时候陪着你。我没有进行意识复刻，而是采用把我的记忆导入我的思维模块的方式创造出了这个黎江。上一次我更新记忆是在‘丝绸 γ’星，我们订婚之后。所以和‘海王星’的大战，这家伙应该不知道。不过，大可放心，他和我一样有创造力，一样出色，也一样会疼爱你。你可以向他透露他是个复制品，反正他也找不到我。”

“那，你什么时候回来？别忘了，我可没有吃什么延寿药剂，到时候要是一个 80 多岁的老太太管你叫老公你可别惊讶……”

“不会的。当然不会。我可以给你一个准确的日期：2053 年元旦。就在这一天，你在量子岛的山顶主炮前面的草坪等我。我会回来的。”

见黎江好像要走，安娜忙问：“你的身体不见了，你让我抛进太空的，为什么会不见呢？”

“这是我之前提及的那个外星文明的杰作。他们把我的身体拿走，放在他们的星球保管和研究。如果我回来，我会把这具身体抢走的。”

“你要跑到仙女座星系干什么？”

“我？我要去做一些……啊，不，是他们让我做一些……怎么说呢？改变吧……”黎江慢慢地说。

话一说完，黎江就转身遁入了一片黑暗中。在临行前，安娜清清楚楚地看见他的眼睛里放射出了光芒——不是指眼神，而是真的像探照灯一样的光芒，异常明亮和充满力量……

黎江就这么离开了，与黑暗融为一体……

他成为了黑暗。

“他告诉我要这么做的。”

她这么对每一个质疑她决定的人说。

不过，林斐和百里蔓妙却坚定不移地支持她。最后，量子岛政府也同意收容“3728 号”文件夹里的那个黎江，并给予它“人”的身份。

量子岛中央科学院的大厅里，沈岳、孙豫晗、林斐、百里蔓妙和众多研究员围成了一个圈。圈里是修复好的埃里森和安娜。在他们的注视下，安娜轻轻地掀开埃里森的面罩，把载有黎江意识的芯片插进了头盔内壁的接口里。

安娜慢慢合上了面罩，退后两步，静观其变。

没多久，埃里森动弹了一下，伸手捂住了自己的面罩，身子弓了起来，看起来很痛苦。

"哦，天啊，"黎江的嗓音从埃里森的面罩下传出，随后，头盔里黎江面部的投影灯闪了两下，黎江的脸也顺利出现在头盔里，"我，我这是在哪？安娜？"

安娜没有反应，面无表情地盯着他的脸，一步步向他迈去。

"安娜，你的举止很怪异，你要干什么？"战甲似乎要向后退缩，但脚跟还是没有动。

她走到战甲面前，打量了一下战甲的全身，总算露出了一个微笑，说："你看起来很不错。"

"是……是吗？"

安娜伸手搂住了战甲的脖子，抱住了它。

"以后我们在一起的时间还长着呢！"她的脸颊贴在金属甲片上，喃喃地说。

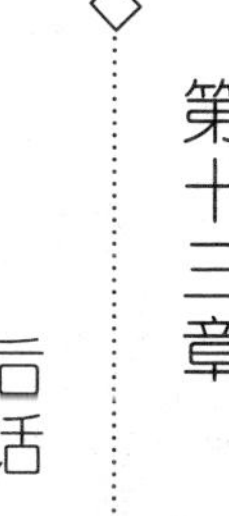

第十三章 后话

“安娜，我们要是去强子岛了，你一个人能行吗？”

“没关系的。有黎江陪我。”

百里蔓妙、林斐、安娜和战甲埃里森站在一栋大楼的楼顶，从这里可以望见量子湖和量子岛车水马龙的城市。天是瓦蓝色的，蓝得耀眼，只有一缕白云浮在高空。下面的街道围了一大群人，多数是记者，还有很多普通民众。安娜向政府要求楼顶私密化，于是以这栋大楼为中心，方圆 200 米内都设成禁飞区，记者只能在下面眼巴巴地希望可以搞到楼顶的情况。

“如果有什么事情，想我们也好，需要帮助也好……”百里蔓妙说到这，偷偷瞥了一眼那套战甲，“你随时可以联系我们。”

接着她又用眼神说：“你一定要保重。”

安娜也笑着握住了她的手，用眼神回道：“我会的。”

两个女人笑着拥抱在一起。

林斐走到那套被称为“黎江”的战甲面前，对他说：“你还记得多少事情？”

“几乎都记得，只是‘海王星’的地球‘巨行星化’事件，那个黎江没有来得及录入我。”埃里森投影出来的面孔就是黎江的脸，表情可以满足正常的交流，“放心吧，我和他没有两样，我知道我该对安娜负责。”

两人（或者一人和一套战甲）回头，只见安娜拉着百里蔓妙的手，对她说道：“时间已经到了，你们是时候出发了。”

百里蔓妙虽然笑着，但她的脸上充满不舍和悲哀。她招呼林斐，和他一起套上各自的战甲。

“安娜，再见！”两人说道。

“两位再见！有空记得来玩啊！”安娜像个小女孩似的挥动手臂。向日葵和冷湖的反应炉启动了，两套战甲同时升上天空，带动两条亮晶晶的云柱，在苍穹的画布上，勾勒出了离别的形状。楼下，是急促如鼓点的摄像机“咔嚓”声，楼上，是一个人和一套战甲之间的无言以对。

安娜看着那两道云柱的端点淡出在阳光中，问道：“为什么他们不直接飞到强子岛呢？”

“为了量子岛的安全起见，不能让他们暴露这里的位置。”黎江说，“飞出大气层再飞回来比较保险。”

安娜顿了一会，随后一言不发地走向楼边，爬上了不高的防护墙……

“你在试探我。”黎江说，“你在想我会不会冲过去拦住你。”

安娜笑了一声，黎江听不出有没有冷笑的成分。

“说对了一半。我确实在试探你，但我试探的不是你会不会拦住我……”她慢慢坐在了防护墙的边沿，双脚悬空，“而是你了解不了解我。”

黎江也走过去，没有用反应炉推进，而是用手和脚爬上防护墙，坐在安娜的旁边。下面吃惊的人们和杂音已经不重要了，他的眼中只有安娜。黎江羡慕海风，它可以将安娜的醉人的金色长发撩起；黎江羡慕阳光，它可以将伤心的安娜拥入自己怀中。这些事，以前的“他”可以办到，现在却不能……

沉默……

安娜闭着眼睛，仿佛在沉思。随后，她唱起了一首歌，歌声空灵飘渺地在楼宇间回荡，拨人心弦，又充满伤感：

敞开胸怀，伸出手臂，拥抱我们永恒的家园。

大千世界，风云变幻，只有我们愈发地坚强。

徐徐微风，轻轻薄雾，你的气息残留在蓝天。

树木丛生，百草丰茂，你的暗影徘徊于树丛。

坚持不懈，毫不动摇，我们的记忆……不会远逝……